应用电子信息类专业实验教学丛书

数字电子技术基础

实验教程

丛红侠　郭振武　刘广伟　编著

南开大学出版社

天　津

图书在版编目(CIP)数据

　数字电子技术基础实验教程／丛红侠，郭振武，刘广伟
编著. －天津：南开大学出版社，2011. 1
　ISBN 978-7-310-03602-8

　Ⅰ.①数…　Ⅱ.①丛…②郭…③刘…Ⅲ.①数字电路－
电子技术－实验－高等学校－教材　Ⅳ.①TN79－33

中国版本图书馆 CIP 数据核字(2010)第 243264 号

南开大学出版社出版发行

出版人：肖占鹏

地址：天津市南开区卫津路 94 号　邮政编码：300071

营销部电话：(022)23508339　23500755

营销部传真：(022)23508542　邮购部电话：(022)23502200

*

天津市蓟县宏图印务有限公司印刷

全国各地新华书店经销

*

2011 年 1 月第 1 版　　2011 年 1 月第 1 次印刷

787×960 毫米　16 开本　9.5 印张　168 千字

定价：20.00 元

如遇图书印装质量问题，请与本社营销部联系调换，电话：(022)23507125

高等院校电子信息类实验教程丛书
专家编审委员会

丛书前言

应用型电子信息类专业人才必需具备能跟踪新技术发展的良好专业素质、娴熟的专业技能和突出的实践应用能力。对于学生的这种专业素质、技能与能力的培养，必须建立一套科学有效的理论与实验教学体系，大力加强学生的实践动手能力的训练，其中包括实验基地和实验教材的建设。

本套丛书由南开大学滨海学院联合天津部分高校相关专业的教师编写而成。丛书是参照电子信息类实验教学大纲的要求，结合应用型电子信息类专业人才目标而编写的。丛书内容主要体现了在培养学生的基本实验技能的同时，特别注重对学生的电路设计与综合应用能力和自主开发能力的启发与培养，以全面提高学生的专业素质和创新能力。

该丛书既保持了每个实验的独立性，又保证了整个系统的一致性和完整性。每个实验可以单独开课，各实验之间又相互连接，本着由浅入深、由基础到应用、由单元到系统的原则。内容力求浅显易懂，便于操作。每门实验除验证实验外，均设有自主设计性实验和开发性创新实验，便于学生自主创新的培养。每个实验教材后均附有思考题，便于学生开阔思路，培养学生分析问题和解决问题的能力，很好的完成实验。

本丛书的编写过程中得到天津市通信学会高等教育工作委员会和南开大学滨海学院领导的大力支持和帮助，是南开大学滨海学院教材立项资助项目，另外也得到相关实验设备生产企业的大力协助，在此致以衷心的感谢。

丛书编写中的不足，敬请指正。

丛书编写委员会
2009 年 7 月于南开大学滨海学院

前　言

　　数字电路是电子技术的一个重要组成部分，是近代电子技术的重要基础。学习理论知识，唯有通过实验实践证明，才能真正成为自己掌握的知识，并为创新或学习新知识奠定基础。

　　本教程第一部分为数字电路基本实验部分，共包括 15 个基础实验。在基础实验内容中，给出了实验原理、具体的实验方法和实验电路，其中也有部分基础实验要求学生根据实验原理自拟方案并设计简单实验电路。基础实验侧重培养学生掌握基本知识、基本技能和常用仪器仪表的使用方法，以及学生对集成电路的初步应用能力。

　　第二部分为数字电路综合实验部分，共包括 5 个实验。要求学生在完成前面基本实验内容后，再选做本部分综合性实验。通过综合实验内容培养学生独立思考和创新能力，以达到巩固理论教学内容和提高学生工程设计能力的目标。

　　电子仿真设计软件日益成为教学和工程设计的一种重要辅助工具，附录介绍了电路仿真设计软件 Multisim 在数字电路中的应用。主要介绍软件的基本使用方法、常用仪器的仿真应用，以及本教程中用到的一些基本器件的功能测试仿真。

　　在本书编写过程中，得到了南开大学乔月印、赵腊月等教师的帮助，滨海学院电子科学系实验室教师也给以很大支持，在此表示衷心的感谢。

　　限于时间的仓促和编者的水平，恳请读者对其中欠妥和错误之处给以指正。

目　录

第一部分　基础实验

实验一　基本逻辑门电路

一、实验目的

1. 学习使用集成基本逻辑门电路
2. 初步掌握各种门电路之间的转换方法。
3. 学会测试逻辑门电路的参数方法。
4. 了解 TTL 系列与非门和 CMOS 系列与非门基本参数的特征。

二、实验原理

最基本的逻辑门电路有三种：与门、或门和非门（反相器）。它们的逻辑符号和逻辑表达式如图 1-1 所示。

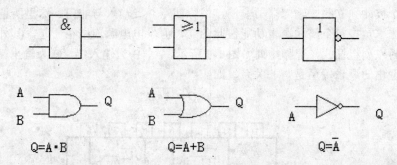

$$Q=A \cdot B \qquad Q=A+B \qquad Q=\overline{A}$$

图 1-1　与门、或门和非门的逻辑符号和表达式

其中 A、B 为输入端，Q 为输出端，对于两输入端的与门和或门，其输出的逻辑表达式写在符号下方，与门、或门可能还有更多的输入端，但其输出与输入之间的逻辑关系是确定的。非门就是反相器，它只有一个输入端，输出和输入的逻辑电平总是相反的。

由这三种基本门电路构成的与非门、或非门和异或门等，也是基本门电路，如图 1-2。特别是与非门，应用特别广泛，在许多逻辑系统中都要用到。我们可以用逻辑代数知识把与非门组合成其他电路，如用与非门构成或非门和异或门等。

它们的逻辑符号和逻辑表达式为：

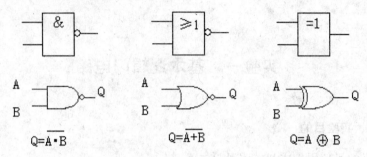

$$Q=\overline{A \cdot B} \qquad Q=\overline{A+B} \qquad Q=A \oplus B$$

图 1-2　与非门、或非门和异或门的逻辑符号和表达式

逻辑电路的表示方法，有逻辑代数法、真值表法和卡诺图法三种。在数字电路实验中最常用的方法是真值表方法，逻辑代数和卡诺图法是辅助的分析手段。对于某一集成门电路，实验中可以用 0、1 开关满足它的输入逻辑电平要求，用 0、1 显示可以检查其输出状态的逻辑电平，实验箱内的发光二极管（LED）亮表示高电平（逻辑状态 1），不亮（暗）表示低电平（逻辑状态 0）。

TTL 电路中最基本也是最简单的与非电路为 7400（或 74LS00），它含有四个彼此独立的二输入端与非门，俗称四——二输入与非门。这里所谓"彼此独立"是指每个门的逻辑功能彼此独立，但供电电源连结在一起，其外封装是塑封双列直插式，管脚排列如图 1-3 所示，A、B 为输入端，Q 为输出端，输入与输出的逻辑关系是与非关系，即

$$Q = \overline{A \cdot B}$$

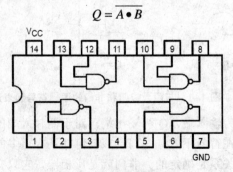

图 1-3　7400 管脚图

2

在使用中，许多逻辑门电路的输入端不止两个，可以有四个、八个或更多，如果实际上不需要那么多输入端，对于多余的输入端的处理方式不外乎以下几种：

（1）与其他输入端合并；

（2）悬空；

（3）接+5V 电源；

（4）接地（相当于输入低电平）；

（5）通过一定电阻接地。

究竟采取哪种方式，首先要考虑电路的种类，即是 TTL 电路还是 CMOS 电路，其次要考虑电路的逻辑关系，是与非关系、或非关系、还是其他逻辑关系。

对于 TTL 电路而言，输入电阻不是太高，输入端悬空是允许的，悬空即相当于输入为 1。对于 TTL 与非门，多余端悬空不影响其他输入端的作用。但对于或非门，多余端一定要接地，才不影响其他输入端的作用。对于 CMOS 电路而言，多余输入端悬空是不允许的。CMOS 电路的输入电阻极高，容易受到外界干扰信号感应，也容易将输入端击穿，损坏集成块。所以对于 CMOS 电路而言，多余输入端最好与其他输入端合并，如果需要接高电平，可通过 100KΩ 电阻接电源，需要接低电平时可直接接地。

通过电阻接地的情况，可依电阻阻值不同而不同，有可能输入为"1"状态的，也有可能输入为"0"状态的，要根据具体情况而定，使用时须留心。

（一）与非门电压输出特性

对于使用者来说，推动一个门电路需要多高的电压才算高电平，多低的电压才算低电平？门的延迟时间是多少？这些问题可以通过对与非门参数的测试而获得答案。

对于 TTL 电路，如果给与非门输入电压为由 0 至+5V 变化，与非门的输出电压一定会经历由截止到线性放大、再到绝对饱和导通的过程。把输入和输出电压的变化用示波器 x-y 状态来描述，就会获得与非门电路的传输特性曲线。具体方法如图 1-4 所示。

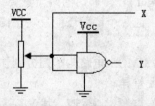

图 1-4 与非门传输特性测试

与非门的输入端接在电位器的活动端，电位器的两固定端分别接电源 V_{cc} 和地，调整活动端时，与非门的输入电压由 0 到+5V 之间变化。把示波器调整在合适状态并校正原点之值，调整输入电压，在示波器上看到一个亮点在移动，将亮点轨迹描在坐标纸上，这就是与非门的电压传输特性曲线（见图 1-5）。

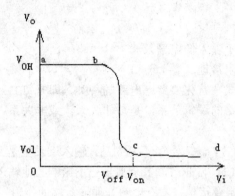

图 1-5　与非门的电压传输特性曲线

当输入电压较低时，与非门电路的输出端为高电平，即曲线的 ab 段；当输入电压大约 1.4V 左右时，输出电压由高电平转为低电平，即曲线上的 bc 段；输入电压继续升高，输出电压维持在低电平，即曲线的 cd 段。从这条曲线上可获得如下参数：

1．输出高电平 V_{OH}：曲线 ab 段的高度。指输入为低电平时输出端不接负载的输出电平。

2．输出低电平 V_{ol}：曲线 cd 段的高度。指输入端电平超过额定开门电平（约 1.8V）时输出端不接负载的输出电压。

3．开门电平 V_{on}：保证输出电平为标准低电平（$V_{SL}=0.4V$）的最小输入电压，它表示与非门开通的最小输入电平。

4．关门电平 V_{off}：指输出电平上升到标准高电平（$V_{SH}=2.8V$）的输入电平，它表示将与非门关断所需的最大输入电平。

开门电平和关门电平是 TTL 与非门的两个重要参数，两者的数值越接近，与非门的传输曲线越理想。这两个参数还能反映出门电路的抗干扰能力，即噪声容限 V_{NIL} 和 V_{NIH}。

对 TTL 电路与非门和 CMOS 电路与非门分别作电压传输特性曲线测量，可以看到两者之间存在较大差异。

TTL 与非门电路的工作电源 V_{cc}=+5V，其 V_{OH} 大约为 2.4～3.6V，V_{OL} 约为

0.4V，V_{on} 和 V_{off} 相差较明显，曲线 bc 段有一定的斜度。

CMOS 电路的工作电压范围较宽（3～18V），在不同工作电压下测试的电压传输特性曲线不同。在+5V 工作电源电压下测出的 V_{OH} 一般高于 TTL 电路的，而 V_{OL} 比 TTL 的更低，并且 V_{on} 和 V_{off} 难于辨别，曲线 bc 段垂直降落，这时的输入电压称开启电压；或叫阀值电压，记为 V_T。V_T 约是电源电压的一半。

（二）平均传输延迟时间

由于晶体管有限的开关速度和电路内电容的充放电过程，逻辑门电路不能立即响应输入信号的突变。图 3-5 表示输入信号和输出信号之间的关系，输入信号的上升沿中点与输出信号下降沿中点之间的时间差，称作导通延迟时间，记为 t_{rd}；输入波形的下降沿中点与输出波形上升沿中点之间的时间差，称作截止延迟时间，记为 t_{fd}；平均延迟时间记为 t_{pd}，是二者的平均值：

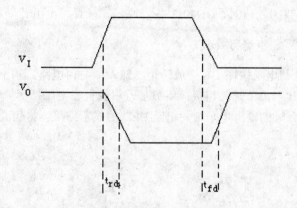

图 1-6　与非门输入输出波形

为了测量与非门的平均延迟时间，可用奇数个与非门接成一个环形振荡器，如图 1-7 所示，一般用三个与非门构成。如果三个门的平均延迟时间相等，那么振荡周期 T 为三个门的延迟时间之和的两倍：

$$T = 6\,t_{pd}$$

用示波器测出振荡器的振荡周期，就可获得 t_{pd} 的值：

$$t_{pd} = \frac{T}{6}$$

一般 t_{pd} 为几到几十纳秒，CMOS 电路的 t_{pd} 比 TTL 电路的 t_{pd} 要大，也就是说 CMOS 电路工作起来速度要慢一些。

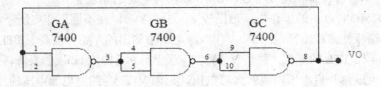

图 1-7　环形振荡器

三、实验设备及器件

直流电源（0～+5V）一台

万用表一台

数字实验箱一个

集成电路：7400、7404、CD4011 各一块，二极管、电阻若干。

四、实验内容、步骤与要求

1. 用二极管和电阻按图 1-8 接成一个二输入端与门电路。输出 Q 与实验箱 LED 连接，A、B 与 0/1 开关相接；用数字万用表直流电压挡测量输出端 Q 在 V_A、V_B 不同组合时的输出电平，并记录 LED 的显示结果。将测量结果填入表 1-1 中。

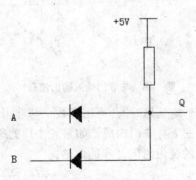

图 1-8　二输入端与门

表 1-1

A B	V_A（V）	V_B（V）	预期结果	V_Q（V）	实验结果 LED 显示
0　0					
0　1					
1　0					
1　1					

2. 用实验箱检测 7404 中 6 个非门的逻辑功能。以下是 7404 的管脚图 1-9。
提示：输入接 0/1 开关，输出接 LED 指示灯。自拟表格记录测量结果。

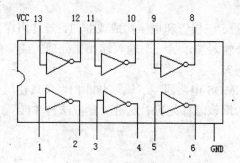

图 1-9 7404 的管脚图

3. 用实验箱检测 7400 电路的逻辑功能。方法同第 2 步。

4. 画出用 7400 构成或非门和异或门的逻辑电路图，写出相应的逻辑表达式，并用实验箱检验逻辑功能（方法同第 2 步）结果填入真值表。提示：化为与非表达式，以下给出异或门的逻辑电路图 1-10 和逻辑表达式供参考。

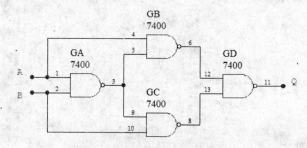

图 1-10 异或门逻辑电路图

$$Q = A \oplus B = \overline{\overline{AB} + \overline{A}B} = \overline{\overline{A}\overline{B} \bullet \overline{\overline{A}B}} = \overline{\overline{\overline{A}AB} \bullet \overline{B}AB}$$

5. 用环形振荡器测 7400 的平均延迟时间 t_{pd}，实验电路如图 1-7。用示波器观察振荡波形，测出振荡周期，并计算出平均延迟时间 t_{pd}。注意示波器的频宽为 20MHZ，测量振荡周期时已接近其极限状态，将示波器的扫描钮置于扫描速度最快一档 0.2μs（扫描微调关闭），看到一个稠密的波形，将水平位置钮拉出，可使扫描扩展 10 倍。

6. 测试 TTL 电路 7400 电路的电压传输特性。实验电路如图 1-4。注意：
①示波器设置为 x-y 工作模式,并置 DC 输入方式；②光点随调节电阻而不断移动，扫出一条轨迹。粗略绘出电压传输特性曲线，并标出开门电平、关门电平、

输出高电平和输出低电平的估计值。

五、思考题

1. 如何用二极管、三极管和电阻构成或非门，设计出电路图。如果输入端有三个，只使用两个输入端，另一个输入端如何处理？或非门和与非门多余输入端的处理有何不同？

2. CD4011 是 CMOS 电路四—二输入与非门，当只使用一个与非门时，其他三个与非门的输入端该怎样处置？这种处置方法与 TTL 与非门有何不同？

实验二　集电极开路门和三态门的应用

一、实验目的

1. 了解集电极开路门（OC）的特征，学会选择 OC 门的负载电阻。
2. 了解三态门（TS）的特征，掌握它在数字通信中的应用。
3. 理解接口电路中电平转换的方法。

二、实验原理

（一）OC 门电路特征：

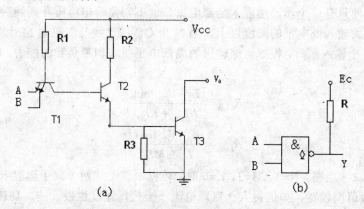

图 2-1　集电极开路 OC 门

图 2-1（a）是集电极开路门（Open-Collector）电路。可以看出，OC 门的输出级 T_4 的集电极是悬空的，不接外负载电阻 R_L 时，输出级不工作。（b）是 OC 门的表示符号和使用时外接负载的方法，R_L 的电源 E_c 可以是 TTL 电路的电源 V_{cc}，也可以是比 V_{cc} 高的直流电源。

集电极开路门一般说来有两大用处：

第一可以用作"线与"连接。前面指出普通逻辑电路的输出端是不能并接的，但 OC 门电路的输出端是可以并联的，图 2-2（a）是两个 OC 门输出端并联的情况，二者通过同一个负载 R_L 连接在 E_c 上，输出端 Q 所表达的逻辑关系为：

$$Q = \overline{AB} \cdot \overline{CD} = \overline{AB + CD}$$

9

如果用 7400 与非门来表示这个逻辑关系，如图 2-2（b）所示需用四个门。

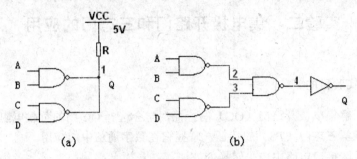

图 2-2　OC 门实现"线与"

实现"线与"的关键问题是负载电阻 R_L 的选择。R_L 不能太大，其最大值应保证电路输出时后接电路需要的最小输入高电平；R_L 也不能太小，其最小值应保证即使只有一个输出端灌入全部电流，也不会使输出电压升高到后继电路需要的最大输入低电平的限度以上。当 N 个 OC 门"线与"驱动 M 个 TTL 与非门的 K 个输入端时，根据电路输出的高低电平要求和带负载的能力，R_L 应取值为：

$$R_{L\max} = \frac{E_c - V_{OH}\,\min}{NI_{OH} + KI_{iH}}$$

$$R_{L\min} = \frac{E_c - V_{OL}\,\max}{I_{OL} - MI_{iL}}$$

如图 2-3 电路，N=3、M=3、K=6 时，可以根据上述两个式子选取 R_L 的值。R_L 的选值范围较宽，如选得大一点，电流小一些，速度也慢一些，功耗小些；R_L 选小一点，电流就大一些，速度就快一些。

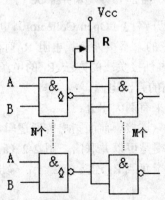

图 2-3　N 个 OC 门驱动 M 个与非门的 K 个输入端

OC 门电路的第二个用途是实现不同逻辑电平的转换，以驱动 CMOS 电路、NCMOS 电路、HTL 电路、各类继电器、荧光数码管和指示灯泡等。

例如图 2-4 所示 TTL 与 CMOS 电路混合使用时，用 TTL 电路来驱动 CMOS 电路，当 $V_{cc}=V_{DD}$ 时，TTL 与非门的输出高电平可以使 CMOS 电路的逻辑门打开（TTL 的高电平输出一般为 2.4～3.4V，CMOS 电路的开门电平约为电源电压的一半）。当 $V_{DD}>V_{cc}$ 时 TTL 电路就很难驱动 CMOS 电路，这时把普通与非门换成 OC 门，负载电阻 R_L 的上拉电压取 V_{DD}，提高了输出电平，就可驱动 CMOS 电路了。这就是常用的电平转换电路。在实际应用中，即使 $V_{DD}=V_{cc}$，TTL 电路也是采用 OC 门来与 CMOS 电路连接。R_L 的选择方法与前述相同。

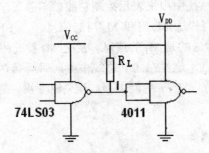

图 2-4　TTL 电路驱动 CMOS 电路

（二）三态门（简称 TS 门）：

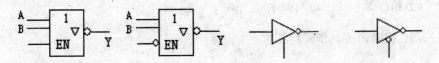

图 2-5　三态门符号　　　　　　图 2-6　反相单输入型三态门

三态门是指输出端可以有三种状态的门电路，这三种状态即高电平态（1）、低电平态（0）、高阻态（即禁止态）。三态门的符号表示于图 2-5，A、B 为输入端，Y 为输出端、EN 为控制端。控制端也称使能端，在使能端标有一小圆圈的，表示低电平使能，无小圆圈的则表示高电平使能。使能端使电路处于工作状态时，输出状态 Y 由输入端决定，即 $Y=\overline{AB}$（有 0 态，1 态两个状态），使能端使电路处于禁止状态时，无论 AB 如何变化，输出为高阻态。三态输出门还有单输入单输出型，并且输入和输出有同相和反相两种类型。图 2-6 是反相单输入型三态门的国外流行符号。

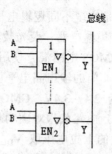

图 2-7 三态门的总线结构连接

三态门在计算机系统中用来表示控制总线的信息传输，如图 2-7 所示，控制 EN_1、EN_2 可以分别传送 M_1 门和 M_2 门的信息。当 EN_1 使 M_1 工作时，EN_2 使 M_2 关闭，总线中传送的是 M_1 的信息。反之 M_1 被关闭，M_2 处于工作状态，总线中传送 M_2 的信息，这样在同一总线中不同时间传送不同信息，使计算机提高速度。TS 门的优点是抗干扰能力强，开关速度快，是计算机总线控制中不可缺少的电路。

三、实验设备及器件

74ls00   四二输入与非门   1 只

74ls03   四二输入与非门 OC 门(open collector output gate)   1 只

74ls126   四三态缓冲器 TS 门(three_state output gate)   1 只

CD4011 各一块，电阻若干

四、实验内容、步骤和要求

1. 用 OC 门实现线与。74LS03 是四二输入与非门 OC 门电路，实验电路与芯片引脚如下图 2-8，写出逻辑式、真值表，并用实验检验其逻辑功能。可参考图 2-2(a)连接电路，R 取 2.2KΩ。实验方法：输入接 0/1 开关，输出接 LED 指示灯。

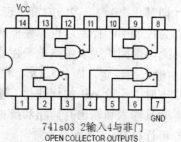

74ls03 2输入4与非门
OPEN COLLECTOR OUTPUTS
图 2-8 7403 引脚图

2. 用 OC 门电路驱动 CMOS 电路：如图 2-3 所示，用两个 OC 门（7403）驱动三个 CMOS 与非门（CD4011），电源电压分别取如下值。试计算并选择 R_L 的值，用 0、1 显示观察输出，记录实验现象并解释之。图 2-9 是 CD4011 引脚图。

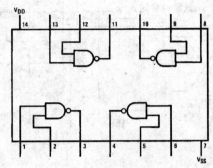

图 2-9　CD4011 引脚图

（1）$V_{cc} = E_c = V_{DD} = 5V$

（2）$V_{cc} = E_c = 5V$，$V_{DD} = 10V$

（3）$V_{cc} = 5V$，$E_c = V_{DD} = 10V$

3. 由三态门模拟总线缓冲器电路如 2-10 图。当 G1=0，G2=1 时，画出 Q 端的输出波形；当 G1=1，G2=0 时，画出 Q 端的输出波形(2 脚 0/1 开关分别接高电平和低电平一次)。图 2-11 是 4 三态缓冲器 74LS126A 的引脚图。

提示：5 脚输入 TTL 电平、2KHz 的方波信号；G1、G2 接 0/1 开关，但不能同时为 1。

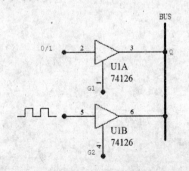

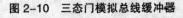

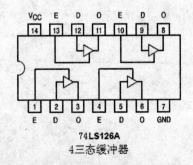

图 2-10　三态门模拟总线缓冲器　　　图 2-11　74LS126A 引脚图

4. 用三态门电路模拟数字信号通道，如图 2-12 所示，把开关 K 打在①位，AB 分别给 0、1 电平，低频脉冲端送入连续低频方波，用示波器观察输出 Q1、Q2。然后把 K 置②位置，重复上述过程。列表记录实验现象，并加以解释。

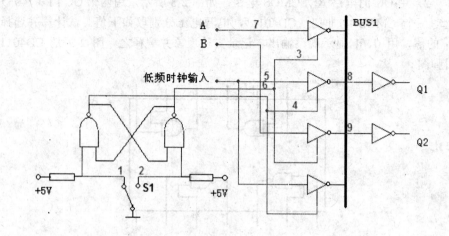

图 2-12　三态门的应用

五、思考题

1. OC 门接上拉电阻与 CMOS 电路连接时，R_L 的大小如何选择？
2. 连接在总线上的三态门可否同时处于使能状态？

实验三　数据选择器及其应用

一、实验目的

1. 掌握数据选择器的逻辑功能和使用方法。
2. 学习用数据选择器设计组合逻辑电路的方法。

二、实验原理

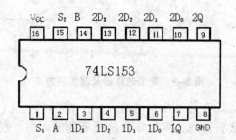

图 3-1　74153 双四选一数据选择器管脚图

　　数据选择器又称多路开关，其作用相当于一个单刀多掷开关，可以从**多路**输入数据中选择一路信号作为输出。常用的数据选择器有二选一、四选一、八选一和十六选一等。本实验采用中规模集成器件 74LS153 双四选一数据选择器.

　　图 3-1 为 74LS153 的管脚图，它包含两个完全相同的四选一数据选择器。$D_0 D_1 D_2 D_3$ 为数据输入端，Q 为输出端，S_1 和 S_2 分别为它们各自的选通端，可以使各自处于工作态或禁止态。A、B 为选择输入端，当 AB 置于 00、01、10、11 状态时分别对应 $D_0 \sim D_3$ 被选通输出。表 3-1 列出了 74153 的输入输出状态表。S 为高电平输出被禁止，S 为低电平时，由 A、B 的状态决定输出的选通状态。

表 3-1　74153 功能表

选通 S	选择输入		数据输入				输出 Q
	A	B	D_0	D_1	D_2	D_3	
1	×	×	×	×	×	×	0
0	0	0	0/1	×	×	×	D_0 (0/1)
0	0	1	×	0/1	×	×	D_1 (0/1)
0	1	0	×	×	0/1	×	D_2 (0/1)
0	1	1	×	×	×	0/1	D_3 (0/1)

可以将四选一数据选择器扩展为八选一数据选择器（见图 3-2），甚至可以扩展为更多位数据选择器。

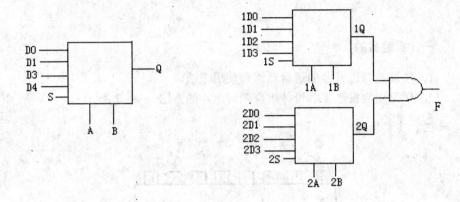

图 3-2 数据选择器及其扩展方法

此外数据选择器还有另外几种用途：

（a）实现多路数据传送：多路数据选择器的输入端，通过选择控制，可将多路信号在不同时间内用同一通道传送。

（b）变并行码为串行码：将被变送的并行码数据送到数据选择器的输入端，并使选择控制按一定的编码顺序变化，就可以在输出端得到串行码。

（c）组成数码比较电路：将数据选择器改成数字比较电路是根据选择器的逻辑选择和运用巧妙的改造技术的结果，图 3-3（a）将两个四选一数据选择器构成一个一位数字比较器，数据输入端按图中的连线分别接 0 或 1，两个数据选择器的选择输入端 AB 并联，并作为待比较的数据输入端，当 A>B 时，1Q=1；当 A<B 时，2Q=1；当 A=B 时，1Q 和 2Q 都为 0，三种状态恰似数字比较器的三个输出端。

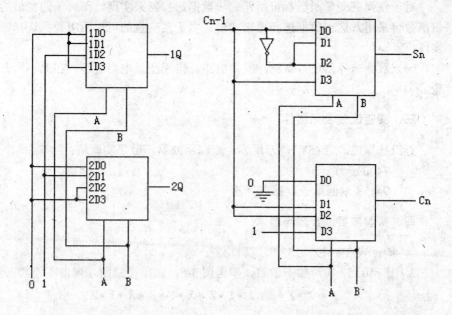

图 3-3 数据选择器构成数码比较电路　图 3-4 用四选一电路实现全加器

（d）实现逻辑函数：四选一数据选择器的输出函数为：

$$F = \overline{A}\,\overline{B}D_0 + \overline{A}BD_1 + A\overline{B}D_2 + ABD_3$$

全加器是常用的算术运算电路，其逻辑函数为：

$$S_n = \overline{A}\,\overline{B}C_{n-1} + \overline{A}B\overline{C_{n-1}} + A\overline{B}\,\overline{C_{n-1}} + ABC_{n=1}$$

$$C_n = A\overline{B}C_{n-1} + \overline{A}BC_{n-1} + AB$$

把 C_n 改写标准式

$$C_n = \overline{A}\,\overline{B}\bullet 0 + A\overline{B}C_{n=1} + \overline{A}BC_{n-1} + AB\bullet 1$$

比较 S_N 和数据选择器和函数表达式：

　　　　　对 S_n：　$D_0 = C_{n=1}$，　$D_1 = D_2 = \overline{C_{n-1}}$，　$D_3 = C_{n=1}$

　　　　　　同理对 C_n：　$D_0 - 0$，　$D_1 = D_2 = C_{n=1}$，　$D_3 = C_{n=1}$

依据这个设计可画出逻辑图（图 3-4）。

对于任何三变量函数都可用四选一数据选择器来实现，而对于四变量的逻辑函数可采用八选一数据选择器来实现。多于四变量的可用两级数据选择器来实现。

（e）数据选择器还可做脉冲发生电路、码间变换电路等等。在此不展开讨论。

三、实验设备及元器件

直流稳压电源（+5V），万用表，双踪示波器，数字实验箱；

    7400 一片

    74153 双四选一数据选择器一片

四、实验内容、步骤与要求

1. 验证表 3-1 中 74153 的逻辑功能。

2. 用 74ls153 实现如下函数，参考图 3-5，画出接线图，列出实验数据表。

$$F = \overline{X} \bullet \overline{Y} \bullet Z + \overline{X} \bullet Y \bullet Z + X \bullet \overline{Y} \bullet \overline{Z} + X \bullet Y \bullet \overline{Z}$$

提示：用 7400 做非门；并令 A=X，B=Y，1D0=1D1=Z，$1D_2 = 1D_3 = \overline{Z}$

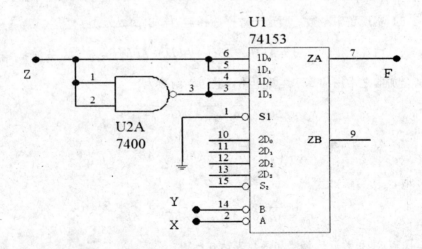

图 3-5　验证 74153 逻辑功能接线图

3. 用 74LS153 做一个一位数据比较器对 A、B 两个一位数进行比较。参考图 3-6，画出接线图，并用实验箱验证其功能，列表记录实验结果。

18

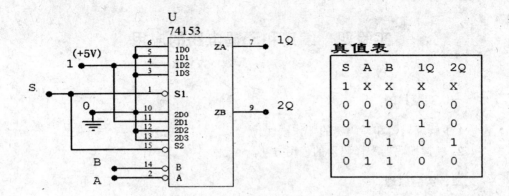

图 3-6　由 74153 构成一位数据比较器

五、思考题

1. 说明数据选择器的地址输入端和选通端各有什么作用？

2. 用数据选择器设计组合逻辑电路，一般适用于那些情况？

实验四　编码和译码电路的应用

一、实验目的

1.了解编码器和译码器的工作原理。

2. 掌握编码器和译码器的使用方法。

二、实验原理

（一）编码器

在数字系统里需要将某种信息变为特定的代码时，使用编码器来实现。例如计算机键盘就是一个编码器，它可将文字型的和数字型的信息转换成计算机可以识别的代码。编码器分通用编码器和优先编码器两大类。优先编码器的优点，是在有多个输入状态时，按照优先级别的先后依次分别给予编码。

74147 是一个优先编码器电路，图 4-1 是其引脚图，表 4-1 是它的输入输出状态表。$I_1 \sim I_9$ 为输入端，DCBA 为输出端，74147 将 9 条数据线进行 4 线 BCD 编码。输出端所显示的是 BCD 码的反码。如果把输出码译为原码，就很方便地理解该编码器如何将十进制数变为 BCD 码了。当输入端 $I_1 \sim I_9$ 均为高电平时，输出状态为 1111，译为原码应是十进制零。故不需单设 I_0 输入端。

只有输入端出现低电平时，输出状态才发生变化。输入端中优先级别最高的是 I_9，I_9 为低电平时不管其他各端输入状态是什么，输出仅由 I_9 决定。依次的优先级别为 I_8、I_7、I_6，…，I_1 为最末级。

表 4-1　74147 输入输出状态表

输入									输出			
I_1	I_2	I_3	I_4	I_5	I_6	I_7	I_8	I_9	D	C	B	A
1	1	1	1	1	1	1	1	1	1	1	1	1
0	1	1	1	1	1	1	1	1	1	1	1	0
×	0	1	1	1	1	1	1	1	1	1	0	1
×	×	0	1	1	1	1	1	1	1	1	0	0
×	×	×	0	1	1	1	1	1	1	0	1	1
×	×	×	×	0	1	1	1	1	1	0	1	0
×	×	×	×	×	0	1	1	1	1	0	0	1
×	×	×	×	×	×	0	1	1	1	0	0	0
×	×	×	×	×	×	×	0	1	0	1	1	1
×	×	×	×	×	×	×	×	0	0	1	1	0

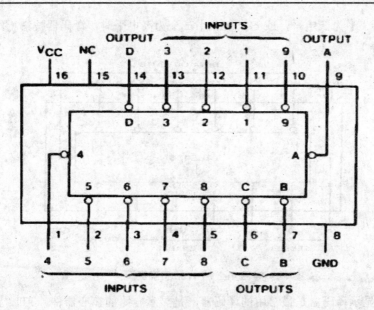

图 4-1 74147 引脚图

一般的中规模以上的集成电路都设使能端，有的不仅有使能端输入，还有使能端输出，例如 74148 8 线—3 线优先编码器具有使能输入和使能输出端。74147 没有使能端。查手册看管脚图时应当加以注意。

（二）译码器

译码器的功能与编码器相反，它能把具有特定含义的代码译成一个个相应的输出状态，或一组组新的代码，以表示编码时赋予的原意。译码器不仅可用于数字显示，还可以用于代码转换、数据分配、存储器寻址和组合控制信号等方面。

译码器分两大类：通用译码器和显示译码器。

1. 通用型译码器包括变量译码器和代码变换译码器。例如 3 线—8 线译码器、4 线—10 线译码器等变量译码器，属于 n 线—2^n 线译码器范畴，也就是说它们的输入变量有 n 个，其组合 2^n 个不同组态，相应地有 2^n 个输出端供译码选用，而且每个输出端的函数对应于 n 个输入变量的一个最小项或者最小项的反。代码变换译码器是指二进——十进制译码器。

74138 是一种 3 线—8 线译码器，如图 4-2 所示，三个输入端 CBA 共有 8 种状态组合（000—111），可译出 8 个输出信号 Y0—Y7。这种译码器设有三个使能输入端，当 G2A 与 G2B 均为 0，且 G1 为 1 时，译码器处于工作状态。

当使能端 G1 为低电平，或 G2、G3 中一个为高电平时，译码器被禁止，输出端全部为 1。

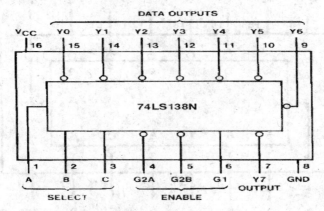

图 4-2　74138 引脚图

2. 显示译码器是最常用的译码器，是显示电路的核心器件。TTL 显示译码分共阳和共阴两种，可驱动 LED 七段显示器和数码管；CMOS 显示译码器则无共阳共阴之分，通常用于交流电路，一般只能驱动液晶显示器 LCD。

7446 和 7447 是和 LED 七段显示器配合使用的译码电路，它们是按输出低电平有效而设计的，要配合共阳的 LED 显示器。7448 和 7449 则不同，是按输出高电平有效而设计的，主要用于驱动共阴 LED 显示器，输出为 1 时输出端电压有 2.4~3.4V，可使 LED 发光。

除了 7448 以外，这些显示译码器几乎都是 OC 门输出，工作时需连接集电极电阻（上拉电阻），可通过调整上拉电阻阻值来调整显示器的亮度。LED 显示器连接使用时，上拉电阻一般取 330 或 470Ω。上拉电阻电源最高可达 15V，一般用于驱动充气数码电子管。7448 属于半 OC 门输出，电路内部已有标值 2KΩ 的上拉电阻，可直接与 LED 显示器连用。图 4-3 为典型的 7447 和 7449 应用电路。

显示译码电路一般还有一些特殊功能管脚，如 LT 为试灯端（Lamp—test）、RBI 为灭零输入（Ripple-Blanking Input）、RBO 为灭零输出（Ripple-Blanking Output）。当 LT 端接地时各输出端使 LED 导通发光，可以用来检验译码器和显示器的好坏。RBI 和 RBO 的作用是在多位计数显示电路中灭去高位零和保留最低位零。

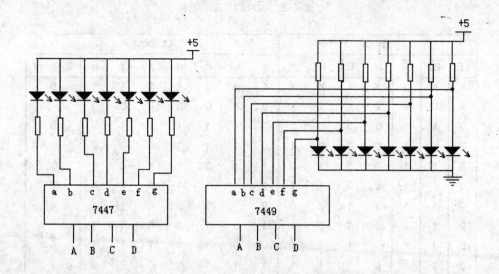

图 4-3 7447 和 7449 应用电路

CMOS 电路 CD4511 是一个用于驱动共阴极 LED（数码管）显示器的 BCD 码—七段码译码器，特点为：具有 BCD 转换、消隐和锁存控制、七段译码及驱动功能，可直接驱动 LED 显示器。其真值表 4-2，管脚图 4-4，管脚功能说明如下：

LT：3 脚是测试输入端，当 LT=0 时，不管其他输入端状态如何，译码输出全为 1，不管输入 DCBA 状态如何，七段均发亮，显示"8"。它主要用来检测数码管是否损坏。

BI：4 脚是消隐输入控制端，当 BI=0 时、LT=1，七段数码管均处于熄灭（消隐）状态，不显示数字。

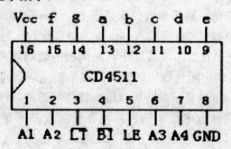

图 4-4 CD4511 引脚图

表 4-2　CD4511 真值表

Inputs							Outputs							
LE	$\overline{\text{BI}}$	$\overline{\text{LT}}$	D	C	B	A	a	b	c	d	e	f	g	Display
X	X	0	X	X	X	X	1	1	1	1	1	1	1	B
X	0	1	X	X	X	X	0	0	0	0	0	0	0	
0	1	1	0	0	0	0	1	1	1	1	1	1	0	0
0	1	1	0	0	0	1	0	1	1	0	0	0	0	1
0	1	1	0	0	1	0	1	1	0	1	1	0	1	2
0	1	1	0	0	1	1	1	1	1	1	0	0	1	3
0	1	1	0	1	0	0	0	1	1	0	0	1	1	4
0	1	1	0	1	0	1	1	0	1	1	0	1	1	5
0	1	1	0	1	1	0	0	0	1	1	1	1	1	6
0	1	1	0	1	1	1	1	1	1	0	0	0	0	7
0	1	1	1	0	0	0	1	1	1	1	1	1	1	8
0	1	1	1	0	0	1	1	1	1	0	0	1	1	9
0	1	1	1	0	1	0	0	0	0	0	0	0	0	
0	1	1	1	0	1	1	0	0	0	0	0	0	0	
0	1	1	1	1	0	0	0	0	0	0	0	0	0	
0	1	1	1	1	0	1	0	0	0	0	0	0	0	
0	1	1	1	1	1	0	0	0	0	0	0	0	0	
0	1	1	1	1	1	1	0	0	0	0	0	0	0	

　　LE：选通/锁存端，是一个复用的功能端，当其输入为低电平时，输出与输入的变量有关；当其输入为高电平时，输出为该端高电平前的状态，并且输入端 DCBA 不管如何变化，其显示数值保持不变。

　　D，C，B，A：8421BCD 码输入，D 位为最高位；a、b、c、d、e、f、g：为译码输出端，高电平有效，故其输出与共阴极的数码管相对应。CD4511 的内部有上拉电阻，在输出端与数码管输入端接限流电阻就可工作。

　　3. 数码显示器：可以显示数字、字母或符号的器件。较早期的有辉光数码管，这是一种真空气体放电显示器件；现在使用较多的是半导体发光二极管 LED 构成的七段显示器，如图 4-5 所示。七段显示器的七个二极管的正极连在一起接电源正极的，称为共阳极型，相应地要配置共阳型译码器。如果七个 LED 的负极连在一起共接电源的"地"，则为共阴型，要配置共阴型译码器。常见的共阳型显示器有 BS204/206/211/212，LA5011-11 等，常见的共阴型显示器 BS201/202/205/207，LC5011-11 等。

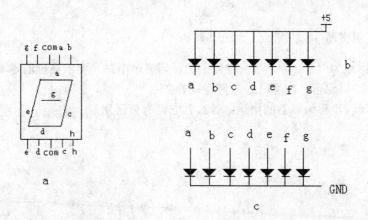

图 4–5　LED 七段显示器（a）外型　（b）共阳型　（c）共阴型

三、实验设备及元器件

直流稳压电源（+5V）、双踪示波器、万用表、数字实验箱

数字集成电路：LC5011-11 共阴 LED 显示器一块

74147 优先编码器一片

CD4511　BCD 七段译码器（正逻辑）1 片

74LS138　3-8 译码器（输出低电平有效）1 片

四、实验内容、步骤及要求

1. 用实验方法做出 74147 优先编码器和 74138 3-8 译码器的真值表。

2. 将 CD 4511 的 A、B、C、D、LT、BI 和 LE 端接 0/1 开关，a、b、c、d、e、f、g 各段接 LED 0/1 显示器。列表记录输入、输出状态。（参考 4511 真值表格式）。

3. 将 CD 4511 与共阴 LED 数码管相连，数码管公共端接地。验证 LT、BI 和 LE 的功能；列表记录 A、B、C、D 输入 0000～1001 码时数码管显示的数字（参考 4511 的显示结果）。

4. 通用译码器做数据分配器实验。将 74138 的 A、B、C 做为地址线，G1 做为数据输入线(G2A、G2B 接地)，地址在 000—111 之间变化，记录 Y0—Y7 的输出状态。

（1）G1 输入单次脉冲，LED 0/1 显示灯接 Y0—Y7 输出端。

（2）G1 输入 1kHz 连续脉冲，用示波器观察各输出端，将输出波形画在坐标纸上。

五、思考题

1．用 CD4511 设计一个三位以上的译码显示电路，要求高位的零不出现，低位的零予以保留。BI 和 LE 如何连接？

2．译码器和编码器的用途是什么？它们有何区别。

实验五 组合逻辑电路的设计

一、实验目的

1. 掌握用基本逻辑门电路进行组合逻辑设计的基本方法。
2. 使用中规模集成电路设计组合逻辑电路。
3. 观察竞争冒险现象和学习消除竞争冒险所采取的方法。

二、实验原理

数字系统中按逻辑功能的不同，可将电路分成两大类：组合逻辑电路和时序逻辑电路。

组合逻辑电路是指输出信号与所加输入信号的先后次序无关，其输出状态仅决定于该时刻输入状态的组合，与该时刻信号作用之前的状态无关。

（一）组合逻辑电路的设计步骤如下

（1）根据题目的设计要求列出真值表。

（2）将真值表填入卡诺图。

（3）由卡诺图列出逻辑表达式，并进行化简，

（4）根据给定的逻辑元件画出可以实现的逻辑原理图。

（5）在实验箱上联线，按要求输入信号，并用 01 显示检验电路输出状态，记录在真值表中。并检验其是否符合设计要求。

对于以上五个步骤，初学者应一步一步进行。有些设计中使用卡诺图可方便地获得简化的逻辑表达式，有时则可直接由真值表写出逻辑表达式。对于一个题目的设计，可以有多种电路结构予以实现，如果没有条件限制，无论哪种答案均可认为正确。但在实际应用中，往往还要考虑经济、快速、简易等诸因素。一方面要用最少的逻辑门，尽可能少的集成电路，并充分利用扇出系数等，另一方面还要考虑电路的可靠性，复杂电路中要防止冒险现象，可能还要多用几个门来提高电路的对称性。

如果门电路的两个输入信号向相反的逻辑电平跳变，其输出端就有可能产生干扰脉冲，或因经过的通道不同，其延迟时间不一致，导致输出信号瞬间出错，使输出信号出现毛刺。这就是所谓"竞争—冒险"现象。如果输出信号送到时序电路，会导致错误的逻辑信号。在速度低的电路中影响不大，在高速电路中决不可掉以轻心。

（二）四位二进制全加器

一个异或门就是一个半加器，两位异或门和一个与非门可以构成一位全加器，所谓全加器就是既可接受低位进位又能向高位进位的加法电路，图 5-1 是一个四位二进制加法器的原理图，$A_4A_3A_2A_1$ 为一个加数，$B_4B_3B_2B_1$ 为另一个加数，C_0 为低位来的进位，C_1、C_2、C_3 为内部进位，C_4 为最后向高位的进位，采用这种进位方式就是串行进位。串行进位的缺点是速度慢。计算机和其他高速运算场合应用的全加器是采用超前进位方式进位的，即在两个加数和 C_0 送入的同时，和数 Q_1、Q_2、Q_3、Q_4 和进位数 C_4 同时获得。其逻辑原理可从其他书籍或手册中获得。使用这种电路在进行多个四位全加器运算时，块内是超前进位方式进行的，而块与块之间仍然要用串行方式进位。

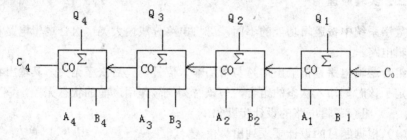

图 5-1　串行进位的四位全加器

四位全加器不仅能进行二进制加法运算，也可以做 BCD 码十进制运算，还可以做减法运算。减法运算可以看成正数和负数的相加，被减数用原码表示，减数用补码表示，二者送入四全加器就可以了。

图 5-2 是用四位全加器实现减法器的原理图。$A_4A_3A_2A_1$ 为被减数，$B_4B_3B_2B_1$，为减数，在进入加法器之前用反相器取反，再使 C_0 置 1 加补。C_4 输出端加反相器可表示借位信号，V=0 表示结果为正，即不借位：V=l 表示有借位，运算结果为负数。这里 A>B 时 $Q_4Q_3Q_2Q_1$ 即为运算结果，如果 A<B 时，运算结果为负值，$Q_4Q_3Q_2Q_1$ 所表示的是补码形式，还须将补码返换成原码才正确。

图 5-3 是用四位全加器和四异或门构成的补码返还原码的原理图，一个完整的减法器电路应包括这部分电路。

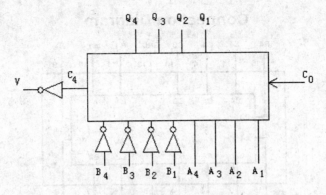

图 5-2　由四位全加器构成的减法器

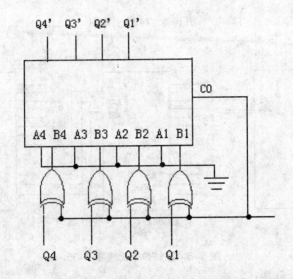

图 5-3　将补码返还成原码的电路

集成电路 7483 是一四位二进制超前进位全加器,其引脚排列如图 5-4,A1、A2、A3、A4 和 B1、B2、B3、B4 分别为加数和被加数,∑1、∑2、∑3、∑4 为和数,C0 为低位进位、C4 为向高位的进位。

Connection Diagram

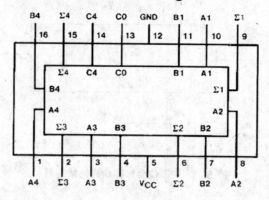

图 5-4　7483 引脚图

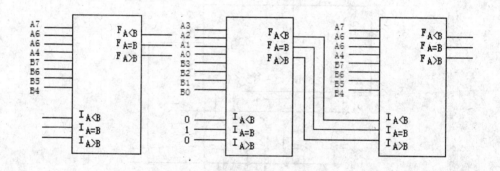

图 5-5　四位数字比较器 7485

（三）四位数字比较器

在计算机中经常要对两个二进制数进行比较，然后根据判别结果进行转向操作，完成这个功能的集成电路就是数字比较器，TTL 集成电路 7485 就是这样一个四位数字比较器电路，其逻辑符号如图 5-5 左图，A0、A1、A2、A3 和 B0、B1、B2、B3 为数据输入端，$F_{A<B}$、$F_{A=B}$、$F_{A>B}$ 为输出端，A<B，时 $F_{A<B}=1$；A>B 时，$F_{A>B}=1$；A=B 时，$F_{A=B}=1$。$I_{A<B}$、$I_{A=B}$、$I_{A>B}$ 是三个级联输入端，供来自低位数据比较结果输入，以便可以组成更多位的数据比较器。当这 3 个低位比较结果输入端不用时，$I_{A<B}$ 和 $I_{A>B}$ 应接 0 电平，$I_{A=B}$ 应接 1 电平。

图 5-5 右图是两片 7485 扩展成 8 位数字比较器的电路。当两个高位数值不同时，高位比较器输出为比较结果。如果两个高位数值相同，这时第一片低位比较器起作用。

三、实验设备及器件

直流电源（+5V）、双踪示波器、万用表、数字实验箱、7483（四位全加器）×2，7486（四异或门）×1，7485（四位数字比较器）×2，7400×3。

四、实验内容、步骤与要求

1. 用 2 输入端与非门 7400 设计一个无弃权表决器，在四人或三人表决为 1 时通过，否则不通过。要求按组合电路设计要求写出真值表、卡诺图、逻辑函数表达式、逻辑电路图和接线图；并用实验方法验证设计结果。

  要求：(1)用≤9 个 2 输入与非门实现最简设计，
     (2)设计对称性好，无竞争冒险的四人表决电路。

2. 用 7483 构成一个四位二进制全加器，实现 7+6+0=？ 8+9+1=？它所能进行运算的最大数是多少？

3. 用二块 7483 和 7486、7400 构成一个全功能减法电路，并自拟不少于各两个的减法运算式予以验证。

4. 用实验验证 7485 四位数字比较器的功能，用二块 7485 构成一个八位数字比较器。列表记录实验结果。

五、思考题

1. 试设计一个既可做加法运算又可做减法运算的电路。

2. 能否用二块 7483 构成八位二进制加法器，实现 198+156+0=？

3. 多位比较器如何设计？

实验六 触发器

一、实验目的

1. 学习基本 R—S 触发器、D 触发器、JK 触发器的逻辑功能与测试方法。
2. 初步了解时序电路特征。

二、实验原理

触发器（Flip-Flop，简称 FF）是一种时序器件，它的输出状态不但与输入的信号有关，而且与输入信号的次序有关，因而是一种具有记忆功能的器件，既可用于信息的寄存，也可用于计数。锁存器也是触发器的一种，由于它不能克服空翻现象，只能用于信息的寄存。

触发器可以用基本门电路来构成，这有利于理解它的基本原理。采用已集成化的器件，是今后应用的主要方向。研究的方法是利用状态转换表、波形图和特征方程，用 Q_n 表示现态，用 Q_{n+1} 表示改变输入状态以后的输出状态，即次态。

1. 基本 R-S 触发器：图 6-1 是两个与非门组成的基本 R-S 触发器，它有两个输入端和两个输出端。它的特征方程是：

$$Q_{n+1} = \overline{\overline{S} \bullet \overline{Q_n}}$$

$$\overline{Q_{n+1}} = \overline{\overline{R} \bullet Q_n}$$

其约束条件是：$R + S = 1$

这里的 R 即 Reset（复位），S 为 set（置位）。有时也把这两符号加一负号，记为 $\overline{R}$、$\overline{S}$，以表示低电平有效，表 6-1 是 R-S 触发器的真值表，当 $R = 1, S = 0$ 时，输出端 Q 为 1；$R = 0, S = 1$ 时，$Q = 0$，由于触发器结构的对称性，这两种状态有稳定的输出状态相对应。当 $R = 1, S = 1$ 时，Q 和 $\overline{Q}$ 保持原有状态不变，即原有状态被贮存起来，这体现了触发器的记忆功能（即锁存能力），如果 $R = 0, S = 0$，两个输出都要置 1，破坏了它的逻辑关系，而且当 R、S 同时回到高电平后，其输出状态变化不定，这种情况应当避免，这就是约束条件所表达的含义。

表 6-1　R-S 触发器真值表

R	S	Q	$\overline{Q}$
1	0	1	0
0	1	0	1
1	1	不变	不变
0	0	1	1

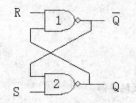 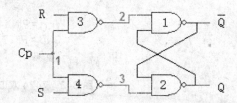

图 6-1　基本 R-S 触发器　　　　图 6-2　时钟 R-S 触发器

由于基本 R-S 触发器进入的信号无法进行控制，可采用时钟型 RS 触发器，其结构如图 6-2 所示，由四个与非门组成。时钟信号 Cp=1 使与非门 3 和与非门 4 打开，$\overline{R}$、$\overline{S}$ 输入的信号才能通过门 3 和门 4，使门 1 和门 2 翻转，Q 和 $\overline{Q}$ 跳变。它的特征方程为：

$$Q_{n+1} = S + \overline{R}Q_n$$

约束条件是：$R \bullet S = 0$

时钟型 R-S 触发器的缺点是当 $C_p \geqslant 3t_{pd}$ 时容易产生"空翻"现象。集成 R-S 触发器则克服了以上两种触发器的缺点，当然结构复杂得多。

2. D 触发器：D 触发器是一种时钟触发器，只有在时钟脉冲 C_P 到来时输出状态才会改变，这时输出由输入的状态决定。实验中所用的 D 触发器是 7474，为双 D 触发器，属于边沿触发器，并且是脉冲正沿触发翻转的。边沿触发器是在脉冲上升沿或下降沿到来时翻转的触发器。图 6-3 是 7474 D 触发器的逻辑符号，它有四个输入端 $\overline{S_D}$、$\overline{R_D}$、D 和 C_P，有两个输出端 Q 和 $\overline{Q}$。其各管脚逻辑功能见真值表 6-2。在时钟脉冲作用下 D 触发器的特征方程是：

$$Q_{n+1} = D$$

约束条件：$\overline{R_D} = 1, \overline{S_D} = 1$

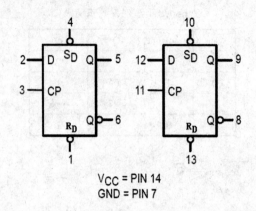

$$V_{CC} = PIN\ 14$$
$$GND = PIN\ 7$$

图 6–3   7474 双 D 触发器

表 6-2   7474 真值表

$\overline{S}_D$	$\overline{R}_D$	D	Q	$\overline{Q}$
L	H	X	H	L
H	L	X	L	H
L	L	X	H	H
H	H	h	H	L
H	H	l	L	H

3. JK 触发器：图 6-4 为 JK 触发器：它的输入端为 $\overline{R}$、$\overline{S}$、J、K 和时钟 C_P，输出端为 Q 和 $\overline{Q}$。JK 触发器的特征方程是：

$$Q_{n+1} = J\overline{Q_n} + \overline{K}Q_n$$

（条件 $\overline{R}=1$
$\overline{S}=1$ ）

表 6-3 为 JK 触发器真值表，只有在置位端 $\overline{S}$ 和清零端 $\overline{R}$ 皆为高电平时，时钟的脉冲的下降沿到来，才能实现 JK 触发器的功能。

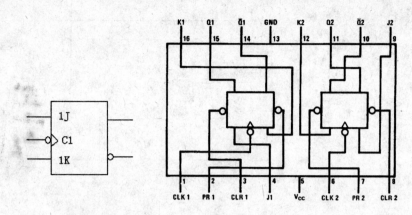

图 6-4 JK 触发器逻辑符号　　　　图 6-5 7476 逻辑符号

表 6-3　JK 触发器真值表

$\bar{S}$	$\bar{R}$	Cp	J	K	Q_{n+1}	$\bar{Q}_{n+1}$
1	1	↓	0	0	Q_n	$\bar{Q}_n$
1	1	↓	0	1	0	1
1	1	↓	1	0	1	0
1	1	↓	1	1	触	发
1	1	1	×	×	Q_n	$\bar{Q}_n$

集成 JK 触发器有主从型和边沿触发型两大类，边沿触发型中又有正沿触发和负沿触发的区别。主从型 JK 触发器具有与边沿负沿触发器相同的逻辑功能，但其抗干扰能力稍差于边沿正沿型触发器。实验中使用的 74LS76 是主从型负沿触发双 JK 触发器，并各自带有清零端和置位端（见图 6-5），标为 CLR 和 PR，低电平有效。

使用一个元器件之前，应当查阅器件手册，除了了解器件功能应符合设计要求外，还要注意管脚排列，正负电源的位置，有无清零端和置位端，时钟端是公共的还是独立的，电参数能否满足设计要求。

4. 触发器之间的转换：有时需要实现 JK 触发器和 D 触发器间的相互转换。图 6-6 为 D 触发器构成 JK 触发器，和将 JK 触发器改成 D 触发器的转换图。

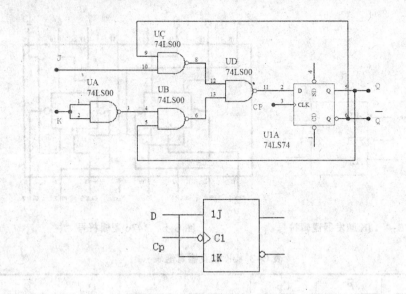

图 6–6　JK 与 D 触发器之间的相互转换

三、实验设备与元器件

直流稳压电源（+5V），双踪示波器、万用表数字实验箱。

7400×1　7474×1　7476×1

四、实验内容、步骤与要求

1．用 7400 二输入端与非门构成基本 RS 触发器，Q 连接 LED 显示，R、S 端由 0、1 开关控制，记录 Q 的现态和次态，特别注意何种情况下"不变"，何种情况下"不定"。

2．用 7400 构成时钟型 RS 触发器，在 C_P 为 1 和 0 两种情况下，用上题方法记录 Q 的现态和次态。再将时钟输入连续脉冲，用示波器的双通道观察输入、输出波形，分别控制 R、S 端，记录 Q 和 $\overline{Q}$ 的翻转时刻与 C_p 的关系。

3．7474 为维持阻塞型双 D 触发器，仿照表 6-1 自拟 D 触发器的真值表，将测试结果填入其中。再由 CP 输入连续脉冲，控制 D=1，D=0，用示波器观察输出端 Q 的波形，与输入波形对准画下来。注意观察触发翻转时刻，解释 D 触发器的特点。

4．将 7476 双 JK 触发器的输入端 JK 分别置 0、0，0、1，1、0，1、1，由 C_P 端输入连续脉冲，用示波器观察输出波形，并画下来。解释 JK 触发器的特点。

五、思考题

1．怎样用 RS 触发器组成一个无反跳开关？

2．从实验中总结 RS 触发器、D 触发器、JK 触发器的用途，能作寄存器吗？能作计数器吗？

3．7474 和 7476 是负沿翻转的，还是正沿翻转的？与实验现象是否一致？

实验七　移位寄存和串行累加

一、实验目的

1．学习用触发器构成移位寄存器的原理，了解累加器工作原理。
2．了解中大规模集成电路 74194 的应用。

二、实验原理

1．移位寄存器：触发器具有存储信息的功能，利用这一特征，将 D 触发器链型连接，即每个 D 触发器的输出端与下一个触发器的输入端相连接，时钟脉冲用同一信号同步控制，这便构成了一个串行移位寄存器。如图 7-1 所示。当数据送到 D_1 时加一个时钟脉冲，数据由 Q_1 输出，同时送 到了 D_2 端，再来一个 C_P 脉冲，数据向右又移动一位，当第四个脉冲过后，数据送到最右的输出端。这种向右移动的寄存器，叫右移寄存器，改变电路的连接也可以构成左移寄存器。

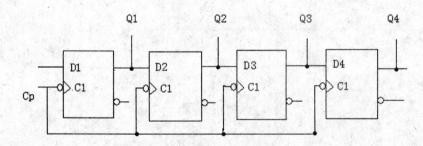

图 7-1　由 D 触发器构成的串行移位寄存器

如果依次从数据输入端输入 a_1、a_2、a_3、a_4 并在每个数据之后送一个 C_P 脉冲，从输出端可依次看到 a_1 经 D_1、D_2、D_3、D_4 最终被送到 Q_4，a_2 被送到 Q_3，a_3 被送到 Q_2，Q_1 则显示最后送进去的数 a_4。

表 7-1 右移寄存器状态表

R	S	Cp	Q1	Q2	Q3	Q4
0	X	X	0	0	0	0
1	1	↑	a1	0	0	0
1	1	↑	a2	a1	0	0
1	1	↑	a3	a2	a1	0
1	1	↑	a4	a3	a2	a1

如果把 Q4 和 Q1 连接起来，则链形寄存器变成了环形寄存器。环形寄存器中已存入的数据不会丢失，可以无数次的循环。环形寄存器也是很有用处的实用电路。

链形或环形寄存器也可以用 JK 触发器构成。

2. 双向移位寄存器：既可作左向移位、又可以作右向移位的寄存器，称作双向移位寄存器。这需要对移位寄存器增加一些控制电路。当然功能越多，控制电路越复杂，设计的难度越高。微电子科学工作者把许多复杂的电路都制成了集成块，使我们用起来十分方便。TTL 集成电路中的 74194 是一个四位并入并出、可双向移动的移位寄存器。图 7-2 是它的外部管脚排列图。

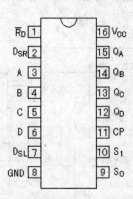

图 7-2 74194 引脚图

74194 电路中 A、B、C、D 为并行输入端，QA、QB、QC、QD 为并行输出端；D_{SR} 右移串行输入端，D_{SL} 左移串行输入端，S0 和 S1 为控制功能端，在 S0=0、S1=1 时，移位寄存器工作在左移状态，QA 为输出端；S0=1、S1=0 时，移位寄存器工作在右移状态，由 QD 输出；S0=1、S1=1 时并入并出，S0=0、

S1=0 时则可保持数据（见表 7-2）。由于 S0、S1 可以很方便地控制输入和输出，我们利用对二者的控制，可以将并行送入的数据改成串行输出，也可以将串行输入的数据并行输出。

表 7-2   74194 功能表

$\overline{R_D}$	S0	S1	功能
0	×	×	清零
1	1	0	串入右移
1	0	1	串入左移
1	1	1	并入并出
1	0	0	保持

和 74194 类似的电路还有一些，如 74299 为八位并入并出双向移位寄存器，74166 为八位并入串行移位寄存器等。

3.串行累加器：两位移位寄存器中的数据相加，可以用并行累加的方法实现，也可以用串行累加的方式实现。并行累加的运算速度快，串行累加的运算速度慢。串行累加虽然有缺点，但有时也是必须的，而且电路结构简单，原理很明确，运算由低位开始，两个最低位相加，产生和数和进位，次低位相加时 还要把最低位的进位数加入，这样需要一个寄存器存放进位数，以后依次进位直至最高位。串行累加器的原理如图-7-3。

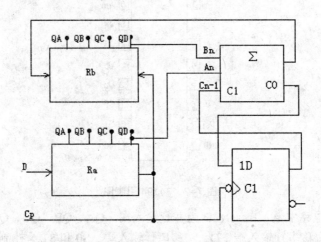

图 7-3   串行累加电路

由图可以看出两个移位寄存器分别存放两个加数，两数相加时先由低位开始送入全加器逐位相加，每次相加的和数存放到 R_B 中，每次产生的进位放在寄存器中，待到下一位相加时，由于 C_P 脉冲的同步作用，进位数被送入全加器并参与运算不会丢失。

操作过程是这样的：（1）对 R_A、R_B 和移位寄存器同步清零；（2）由数据输入端向寄存器 R_A 和 R_B 中送入数据，输入时由低位开始，每置数一次送一个时钟脉冲。四个 C_P 过后 第一个数占据了 R_A 的四个位置，第八个 C_P 过后，前四位被送入 R_B 中，后四位存放在 R_A 中。（3）触发器置数端置零，送四个 C_P 脉冲，R_B 中的 $Q_A Q_B Q_C Q_D$ 显示两数相加的和。为了便于观察数据的输送及运算过程，将两个移位寄存器的 Q 端接 LED 显示。

集成电路 74175 含四个 D 触发器的功能块，引脚排列如图 7-4 所示，功能表 7-3，四个触发器具有公共时钟端和公共清零端，可以方便地连接成四位移位寄存器。

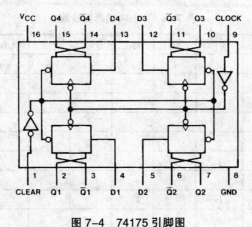

图 7-4　74175 引脚图

表 7-3　74175 真值表

Inputs			Outputs	
Clear	Clock	D	Q	$\overline{Q}$
L	X	X	L	H
H	↑	H	H	L
H	↑	L	L	H
H	L	X	Q_0	$\overline{Q}_0$

三、实验设备及元器件

直流稳压源（+5V）；万用表 74ls74 双 D 触发器 1 片。

7483 四位二进制全加器 1 片。

74ls194 四位可预置双向移位寄存器 1 片。

74ls175 四 D 触发器 1 片。

四、实验内容、步骤与要求

1. 将 74175 电路接成一个右移串行移位寄存器。

2. 用所给电路设计串行累加器，并完成图 7-3 的详细逻辑图，自拟三组数据进行累加运算，用 8 位 LED 显示过程和结果。

画布线图，写出操作步骤。

3. 验证 74194 电路功能，将结果填入表 7-4。

表 7-4　74194 功能验证表

操作序号	$\overline{R_D}$	S1	S0	Dsl	Dsr	Cp	A B C D	QaQbQcQd
1	0	×	×	×	×	×	××××	00 00
2	1	1				↑		
3	1	1						
4	1	0						
5	1	0						
6	1	1						
7	1	1						
8	1	0						
9	1	0						

五、思考题

1. 用 74194 代替第 2 项实验中的 74175 作串行累加是否可行？

2. 利用本实验提供的元器件设计一个既能做加法运算，又能做减法运算，并能存贮数据的算术电路，并用试验加以验证。

3. 设计一个环形码寄存器。

实验八 集成计数器

一、实验目的

1. 学习时序电路的设计方法。
2. 掌握异步十进制计数器的性能和实现任意进制的方法。
3. 学习一种同步可预置计数器。
4. 了解锁存器在计算显示中的应用。

二、实验原理

1. 同步与异步计数器：计数器的分类方法较多，根据时钟脉冲作用的方式不同，可以分为同步计数器和异步计数器，同步计数器中各触发器在同一时钟脉冲作用下同时翻转，根据计数器中数字的编码方式不同，可分二进制计数器、十进制计数器和任意进制计数器，随着计数脉冲的不断输入而作递增计数的叫加法计数器，作递减计数的叫减法计数器。

由 JK 触发器可以比较简单的构成异步二进制计数器，如图 8-1。四个 JK 输入端相连并接 1 电平，把第一个触发器的输出端连接第二个触发器的输入端，时钟脉冲送入计数器 A 的 C_P 端，由 Q_A 推动计数器 B 的 C_P 端，依次往下送，送完八个脉冲，Q_C 才有状态改变，送完 16 个脉冲 Q_D 才有一次输出。用四个触发器构成的四位计数器，可以记录 2^4 个脉冲。

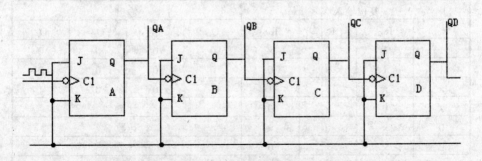

图 8-1 四位二进制异步计数器

由 JK 触发器也可构成四位同步二进制计数器，四个触发器的时钟统一由时钟脉冲控制，所以触发器的状态翻转同步进行，计数器的运算速度快。相比异步计数器，同步计数器具有运算速度快的特点。但其电路结构比异步计数器要复杂一些。为了计数状态的顺利进行，各 JK 触发器的输入端要进行逻辑状态设计。

2. TTL 集成电路 7490 是异步 2-5-10 计数器：其管脚排列如图 8-2 所示。模 2 计数器的时钟输入端为 A，输出端为 Q_A；模 5 计数器的时钟输入端为 B，输出端由高到低依次为 Q_A、Q_D、Q_C、Q_B；清零端 R_{01}、R_{02} 同时为高电平，且置 9 端 R_{91}、R_{92} 有一个为低电平时，执行清零功能，此时输出端 $Q_D Q_C Q_B Q_A =$ 0000；置 9 端 R_{91}、R_{92} 同时为高电平，输出置 9，此时 $Q_D Q_C Q_B Q_A = 1001$，它们的功能见表 8-1。

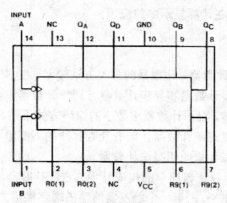

图 8-2　7490 管脚图

表 8-1　7490 功能表

复位输入				输出			
R_{01}	R_{02}	R_{91}	R_{92}	Q_D	Q_C	Q_B	Q_A
1	1	0	×	0	0	0	0
1	1	×	0	0	0	0	0
×	×	1	1	1	0	0	1
×	0	×	0	计数			
0	×	0	×	计数			
0	×	×	0	计数			
×	0	0	×	计数			

7490 可以有两种工作方式：当计数脉冲由 C_{PA} 输入，并且 Q_A 与 C_{PB} 相连接时，其输出 $Q_D Q_C Q_B Q_A$ 为 8421 码（即 BCD 码），Q_A 为低位输出端，Q_D 为高

位输出端，输出状态如表 8-2 所示，当计数脉冲由 C_{PB} 输入且 Q_D 与 C_{PA} 相连，其输出 $Q_AQ_DQ_CQ_B$ 为 5421 码，注意这时 Q_B 为最低位，Q_A 为最高位，5421 码的状态真值表如表 8-3 所示。

利用 7490 两个清零端 R_1R_2 高电平清零的作用，可以组成十以内任意进制的计数器，即利用输出端的高电平来控制计数器复位或清零，例如六进制（六分频）：在十进制十分频（8421 码）的基础上，将 Q_B 端接 R_1，Q_C 端接 R_2。其计数顺序为 000～101，当第六个脉冲作用后，出现状态 $Q_CQ_BQ_A=110$，利用 $Q_BQ_C=11$ 反馈到 R_1 和 R_2 的方式使电路置"0"。

表 8-2　8421 码

计数Cp	QD	QC	QB	QA
0	0	0	0	0
1	0	0	0	1
2	0	0	1	0
3	0	0	1	1
4	0	1	0	0
5	0	1	0	1
6	0	1	1	0
7	0	1	1	1
8	1	0	0	0
9	1	0	0	1

表 8-3　5421 码

计数Cp	QA	QD	QC	QB
0	0	0	0	0
1	0	0	0	1
2	0	0	1	0
3	0	0	1	1
4	0	1	0	0
5	1	0	0	0
6	1	0	0	1
7	1	0	1	0
8	1	0	1	1
9	1	1	0	0

3. 可预置同步计数器：中规模集成计数器 74193 是可预置同步计数器的一种，它有四位二进制计数器，为二——十六进制计数器，具有同步清零、同步置数、计数和保持四种功能。C_r 为清零端，up 和 down 为计数方式控制，DCBA 为预置数输入端，LD 为置数控制端，时钟脉冲可以从 up 或 down 输入，$Q_DQ_CQ_BQ_A$ 为输出端。图 8-3 是 74193 的引脚排列图，图 8-4 是其工作波形图。从图上可以看出，清零（CL=1）过后，当 LD 端置低电平时，将 DCBA 的数据载入，作为计数的初始数据。当 LD 置 1，同时 up 和 down 置 1 时保持的功能可维持。当 up 端送入时钟脉冲时，输出端的计数状态就在这保持值状态向上计数，直至满度自动进位，并从 CO 端输出一个进位脉冲（低电平）。当时钟脉冲送入 down 时，计数器可以从预置数状态向下计数，当计数到 0 时，借位端 BO

输出一个低电平信号，接着再从 1111 态向下计数。

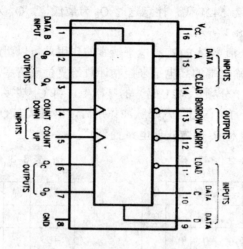

图 8-3　74193 引脚图

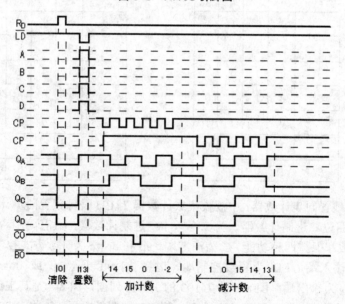

图 8-4　74193 工作波形

　　这种计数器控制端较多，功能也较多，使用起来可以灵活多变。还有一些功能与此相类似的计数器，手册上给出了波形功能表，可根据不同需要予以选择。

　　4. 计数器之间的级联：一块集成计数器电路一般含四位或八位二进制计数

器，实际应用中如果需要更多位的计数器，就需要考虑计数器的级联问题，集成计数电路设计中一般都考虑了级联问题，使用起来十分方便。不同的计数器级联方式是不一样的，像 7490 这样的异步计数器，将低一级的 Q_D 送入高一级的时钟输入端就行了。可预置同步计数器 74193 有进位输出，只要将低一级的进位输出端送入高一级的 up 或 Down 就可以开始计数。

三、实验设备及元器件

直流稳压电源（+5V）一台，万用表一台、双踪示波器一台，数字实验箱一个。

7400　　1 块（四与非门）

7476　　2 块（双 JK 触发器）

7490　　2 块（异步十进计数器）

74193 2 块（可预置同步二——十六进计数器）

译码及显示电路

四、实验内容、步骤与要求

1. 根据时序电路的设计方法，用三位 JK 触发器设计一个八进制同步加法计数器。写出设计步骤，画逻辑原理图，并用实验验证。接线完成后送入单次脉冲或低频连续脉冲，用二极管显示 0、1 状态，填写真值表和功能表（表格自拟）。

2. 观察 7490 异步 BCD 码计数器的计数情况：注意 R_{01}、R_{02} 及 R_{91}、R_{92} 的功能，用 0、1 控制其状态。分别连成 8421 码和 5421 码状态，送入单次脉冲，把输出结果填入真值表中。

再送入中频连续脉冲（f≥1KHZ），用示波器分别观察 8421 码和 5421 码两种状态下时钟脉冲及 Q_A、Q_B、Q_C、Q_D 的波形图。

3. 将 7490 计数器与译码器 7448 和七段数码显示器 LC5051-11 连接，显示十进制数，用强制置零法将 7490 接成七进和六进制计数器，画出 7490 的布线图和真值表。

4. 观察 74193 可预置同步计数器的计数状态，预置数 ABCD 端用 0、1 开关控制，$Q_A Q_B Q_C Q_D$ 送译码显示电路、清零 CL、置数 LD 由手动控制。先检验各控制端功能，然后由 up 或 down 送入计数脉冲，观察计数情况。改变预置数，计数器有什么变化。将观察结果归纳列表。

五、思考题

1. 用 7490 三块构成时、分计时电路，请设计级联方案。
2. 用两块 74193 计数器设计级联电路，构成 256 分频器。

实验九　同步时序电路的设计

一、实验目的

学会同步时序电路的设计方法，可以设计具有一定功能的时序电路。

二、实验原理

（一）同步时序电路的设计是根据给定的逻辑功能的要求，经过适当步骤而获得某一标准电路的方法。设计步骤如下：

（1）根据问题给定的要求，作出状态图或状态表。

（2）进行状态化简，即合并重复状态。

（3）将简化状态表用二进制形式进行编码，得到编码的状态传输表。

（4）确定所用的触发器类型和个数，根据该触发器的激励表或状态表得到电路的状态激励表。

（5）根据激励表分别画出触发器控制输入端和整个电路的输出函数的卡诺图，并进行化简。最后得出相应的逻辑表达式，并画出逻辑图。

（二）设计举例 1。用 JK 触发器设计一个同步二——十进制加法计数器电路。它的状态图 9-1 为

$$Q_0 \rightarrow Q_1 \rightarrow Q_2 \rightarrow Q_3 \rightarrow Q_4 \rightarrow Q_5 \rightarrow Q_6 \rightarrow Q_7 \rightarrow Q_8 \rightarrow Q_9$$
$$\uparrow \leftarrow \cdots\cdots\cdots\cdots\cdots\cdots\cdots\cdots\cdots\cdots\cdots\cdots \leftarrow \downarrow$$

图 9-1

由状态图得到状态分配状况为：

$Q_0=0000$　　$Q_1=0001$　　$Q_2=0010$　　$Q_3=0011$　　$Q_4=0100$　　$Q_5=0101$

$Q_6=0110$　　$Q_7=0111$　　$Q_8=1000$　　$Q_9=1001$

它的卡诺图如图 9-2。

$Q_C Q_D$ $Q_A Q_B$	00	01	11	10
00	0001	0010	0100	0011
01	0101	0110	1000	0111
11	×	×	×	×
10	1001	0000	×	×

图 9-2　状态卡诺图

49

JK 触发器的状态方程为：$Q^{n+1} = J\overline{Q_n} + \overline{K}Q_n$

由此可得到四个 JK 触发器的输入端卡诺图为图 9-3。

$Q_A Q_B$ \ $Q_C Q_D$	00	01	11	10
00	0	0	0	0
01	0	0	1	0
11	×	×	×	×
10	1	0	×	×

（a）J_A K_A

$Q_A Q_B$ \ $Q_C Q_D$	00	01	11	10
00	0	0	1	0
01	1	1	0	1
11	×	×	×	×
10	0	0	×	×

（b）J_B K_B

$Q_A Q_B$ \ $Q_C Q_D$	00	01	11	10
00	0	1	0	1
01	0	1	0	1
11	×	×	×	×
10	0	0	×	×

（c）J_C K_C

$Q_A Q_B$ \ $Q_C Q_D$	00	01	11	10
00	1	0	0	0
01	1	0	0	1
11	×	×	×	×
10	1	0	×	×

（d）J_D K_D

图 9-3　各个 JK 触发器输入端卡诺图

由图 9-3 可以写出各触发器输入端的逻辑表达式：

$$J_A = Q_B Q_C Q_D$$
$$J_B = Q_C Q_D$$
$$J_C = \overline{Q}_A Q_D$$
$$J_D = 1$$

$$K_A = Q_D$$
$$K_B = Q_C Q_D$$
$$K_C = Q_D$$
$$K_D = 1$$

到此为止同步加法计数器的设计基本完成，其逻辑图为图 9-4 所示。

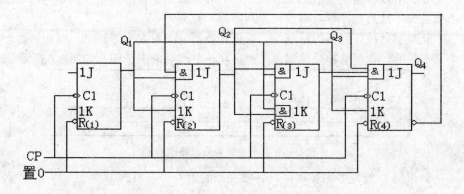

图 9-4 二—十进同步加法器电路

通常在完成设计之前应检查此设计是否能自启动。由于 1010～1111 六种状态没有使用，是无效态，合并最小项时当成了约束项，因此有可能形成无效循环使得计数器不能自启动。

把上述各 JK 表达式代入特征方程，得：

$$Q_A^{n+1} = Q_B Q_C Q_D \overline{Q}_A + \overline{Q}_D Q_A$$
$$Q_B^{n+1} = Q_C Q_D \overline{Q}_B, + \overline{Q_C Q_D} Q_B$$
$$Q_C^{n+1} = \overline{Q}_A Q_D \overline{Q}_C + \overline{Q}_D Q_C$$
$$Q_D^{n+1} = \overline{Q}_D$$

将各个状态依次代入上述方程，得到计数器的状态表，从而可画出状态图，如 9-5 图。

$$1110 \qquad\qquad\qquad\qquad 1101 \leftarrow 1100$$
$$\downarrow \qquad\qquad\qquad\qquad\qquad\qquad \downarrow$$
$$1111 \rightarrow 0000 \rightarrow 0001 \rightarrow 0010 \rightarrow 0011 \rightarrow 0100 \leftarrow 1011 \leftarrow 1010$$
$$\uparrow \qquad\qquad\qquad\qquad\qquad\qquad\qquad \downarrow$$
$$1001 \leftarrow 1000 \leftarrow 0111 \leftarrow 0110 \leftarrow 0101$$

图 9-5　设计检验状态图

图 9-5 可知该计数器不管进入哪个无效状态均能转向正常计数，故是能自动启动的，由此看出设计是正确的。

（三）设计举例 2。脉冲分配器又称节拍脉冲发生器，是计算机及通信设备中经常使用的一种逻辑部件。它大致上可以分两类，一类是移位寄存器型的，一类是计数型的。移位寄存器型的分为计数寄存器和扭环计数寄存器型。在移位寄存及串行累加中我们已经见到。它们的优点是电路结构简单，存入的状态不会丢失，缺点是计数电路的状态利用很不充分。

计数型脉冲分配器的特点，是可使计数器状态得到充分利用。例如设计一个八节拍的计数型脉冲分配器，其经过状态分配后的卡诺图，如图 9-6 所示。

Q_A ＼ $Q_C Q_D$	00	01	11	10
0	001	011	010	110
1	000	100	101	111

图 9-6　八节拍脉冲分配器卡诺图

如果用 D 触发器来实现：则各触发器的输入状态为：

$$D_A = Q_A Q_C + \overline{Q}_C Q_B$$
$$D_B = \overline{Q}_A Q_C + \overline{Q}_C Q_B$$
$$D_C = \overline{Q}_A \overline{Q}_B + Q_A Q_B$$

译码器输出端的逻辑表达式为：

$$Q_0 = \overline{Q}_A \overline{Q}_C \overline{Q}_B$$
$$Q_1 = \overline{Q}_A \overline{Q}_B Q_C$$
$$Q_2 = \overline{Q}_A Q_B \overline{Q}_C$$
$$Q_3 = \overline{Q}_A Q_B Q_C$$
$$Q_4 = Q_A Q_B \overline{Q}_C$$
$$Q_5 = Q_A \overline{Q}_B Q_C$$
$$Q_6 = Q_A Q_B \overline{Q}_C$$
$$Q_7 = Q_A Q_B Q_C$$

根据以上这些表达式可画逻辑分配器的逻辑图如图 9-7 所示。

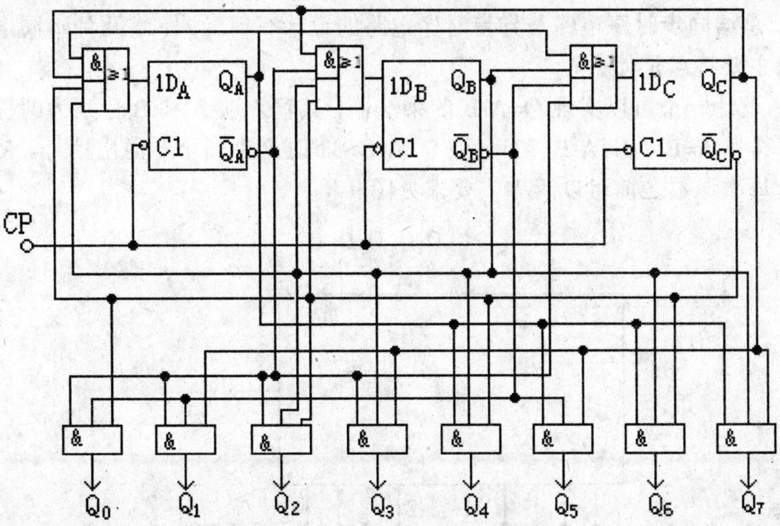

图 9-7 八节拍脉冲分配器电路

异步时序电路的设计要比同步电路设计复杂一些，设计过程和同步时序电路大体相似，这里不再讨论，留作自己思考。

三、实验设备及元器件

双踪示波器，万用表，直流电源

数字实验箱

双 D 触发器 7474，四 D 触发器 74175

JK 触发器 7476 二块

四、实验内容、步骤与要求

1. 用同步时序电路设计方法设计一个 9 进制加法计数器电路，写出设计步骤，画逻辑图，并按图连接，将 LED 显示的结果填入真值表中。器件选用双 JK 触发器 7476 二块。

2. 设计一个序列脉冲检测器，当连续送入信号 110 时，该电路输出为 1，否则为 0。设依次送入的脉冲为 001101。选用器件可自己选定（D 触发器或 JK 触发器即可）。

五、思考题

1. 总结同步时序电路与异步时序电路的设计有何异同, 这两种不同电路设计的最主要特点是什么?

2. 设计一个可以实现 $Q=A \cdot B$ 的乘法器, 其输入端 A 和 B 分别为四位二进制数, 其中 $A=B \neq 0$, $A \cdot B \leqslant 31$, 当 $Q=A \cdot B>31$ 时产生一个一溢出信号。R 为复位端, 每次送数之前可以清零。要求见图 9-8。

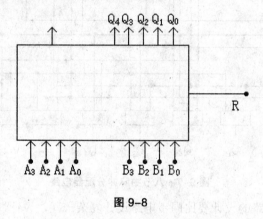

图 9-8

实验十 脉冲产生电路（一）

一、实验目的

1. 学习利用 TTL 与非门组成无稳态多谐振荡和单稳态触发器的基本方法。
2. 了解影响脉冲信号周期的因素。

二、实验原理

1. 无稳态多谐振荡器：数字电路的输出状态要么是高电平，要么是低电平，如果一个电路的输出没有稳定的状态，总是高低电平交互出现。这就是无稳态。无稳态不需外界作用就可以输出脉冲信号，所以无稳态就是一种脉冲产生电路。

在实验一中为了测试与非门的延迟时间，我们将三个与非门首尾相连构成一个环形振荡器，这就是一个脉冲产生电路。不过这种电路产生脉冲的宽度和频率，是由 TTL 电路的固有特性决定的，即 $T=6t_{pd}$。如果想改变电路的振荡频率，就要改变延迟时间。延长传输时间的方法主要靠阻容电路的充放电来实现，改变电阻和电容的大小还可以控制振荡器的振荡周期。

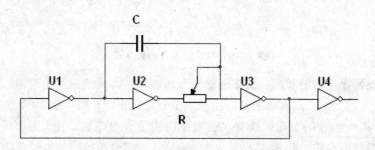

图 10-1 可输出方波的 RC 环行振荡器

图 10-1 是带有 RC 延迟电路的环形多谐振荡器电路。最后一个门电路作整形用可使输出波形更理想。因 RC 延迟作用远超过门电路本身的传输延迟，因此该电路可以忽略 t_{pd} 的影响。振荡周期可由下式估算。

$$T=2.2RC$$

改变 R 或 C 的大小，即可改变输出频率。但为了使电路易于起振，一般 R 值不能超过 1kΩ，这就限制了频率的调节范围。为了扩大调节范围，可在图上增加一个三极管，其具有高输入电阻和低输出电阻的特性，把它接成射极跟随器，可以展宽可变电阻 R 变化引起的作用，可使输出信号的频率在较大范围内可调。

2. 单稳态触发电路：用示波器对上一电路输出信号进行观察，可以看出一个明显的特点，脉冲波形是对称的，即输出为高电平的时间和输出为低电平的时间相等。这种波形作为时序电路的时钟是很合适的。但有时需要产生很宽或很窄的脉冲，即脉冲的占空比不是 50%，而是 >50% 或 <50%。例如清零信号或锁存信号就是很窄的脉冲。因此需要一种电路将普通的方波脉冲变换成宽或窄的脉冲，这种电路就是单稳态触发电路。

图 10-2 是用 TTL 与非门构成的微分式单稳态触发电路。门 1 或门 2 是触发器，C_P、R_P 构成输入微分电路，适当选择 R 与 C 的大小，可以控制脉冲 T_W 的宽度，约为 RC 乘积值。

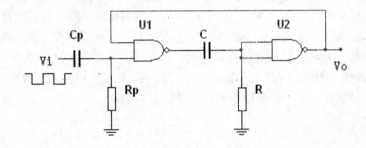

图 10-2　微分式单稳态触发器

触发器在没有触发时，门 2 的输出为高态 "1"，反馈到门 1 的输入端也为 "1"。门 1 的另一个输入端的状态由输入微分电路决定，可以是 "0" 也可以是 "1"，这就决定于 R_P 的值的选择，R_P 很小时相当于 "0" 态，较大时可以为 "1" 态。当微分电路的时间常数 $\tau_p (C_p R_p)$ 小于输入脉宽时，输入的方波在微分电路输出端形成正负两个尖脉冲。如果门 1 的这个输入端稳态时为 "0"，微分产生的正向尖脉冲起作用使 "0" 瞬间变成 "1"，门 1 的输出由 "1" 态变为 "0"，这就是脉冲的上升沿触发。同理如果 R_P 使门 1 的这个输入端稳态时为 "1"，微分的负向尖脉冲起作用，使 "1" 变为 "0"，门 1 的输出由 "0" 上升到 "1"，这是触发脉冲下降沿触发。所以单稳触发器也是一种边沿触发器，选择上升沿触发还是下降沿触发，主要是设计 R_P 的数值。

3. 数字集成电路 74123 是含有两个单稳态触发器的集成块，它的逻辑符号如图 10-3 所示，输入、输出状态转换如表 10-1 所示。使用时需外接电阻和电容，RC 值的大小与输出脉宽的关系为：

$$T_W = K \cdot RC$$

当 C>>1000pF、R～kΩ 时，K≈0.37。

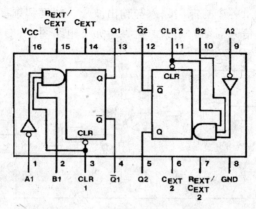

图 10-3　74LS123　双可重触发的单稳态触发器

表 10-1　74123 功能表

Inputs			Outputs	
CLEAR	A	B	Q	Q̄
L	X	X	L	H
X	H	X	L	H
X	X	L	L	H
H	L	↑	⊓	⊔
H	↓	H	⊓	⊔
↑	L	H	⊓	⊔

⊓ = A Positive Pulse　⊔ = A Negative Pulse

三、实验设备及元器件

双踪示波器，直流稳压电源，万用表，数字电路实验箱
74ls00 4-2 输入与非门　1 片
9013 三极管　1 支
74ls123 双单稳触发器　1 片
3296 型 1k 可调电阻 1 只

电阻：1/4W　330、1k、2k、10k 各 1 只

电容：300p、0.047uF、0.1uF 各 1 只

四、实验内容、步骤与要求

1. 按图 10-4 设计一个多谐振荡器，晶体管采用 9013，与非门采用 74LS00。用示波器观察并记录各个与非门输入与输出波形、幅度和频率。计算 R、C 的取值与振荡器输出信号周期的关系。可参考如下电路图。

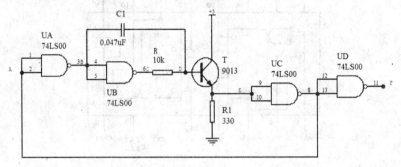

图 10-4　环形振荡器实验参考电路

2. 按下图接插一个微分式单稳态电路，观察记录每个非门输入输出端波形，测量暂态恢复时间 T_w。

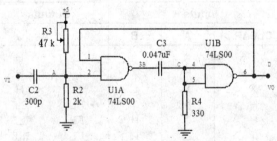

图 10-5　微分式单稳态实验参考电路

3. 参考以下实验电路插接电路，当 R=1k，C 分别取 0.047uF 和 0.1uF 时，测量单稳态的暂态恢复时间，按比例把输入和输出脉冲波形图画出来。

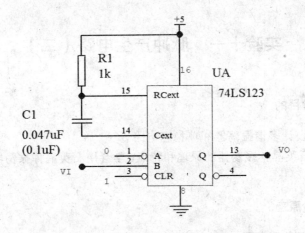

图 10-6 74123 单稳态触发器实验参考电路

五、思考题

1. 环形振荡器的振荡频率为什么难以降低且不易调节？
2. 单稳态电路的输出信号的脉宽如何调节？

实验十一　脉冲产生电路（二）

一、实验目的

1. 电路设计多谐振荡器和单稳态电路。

2. 了解石英晶体振荡器的原理和特点，学会用石英晶体振荡器设计时钟电路。

二、实验原理

1. 石英晶体振荡器

石英晶体振荡器具有非常稳定的输出频率而且品质因数很高，在要求振荡器精度高的场合往往采用石英晶体振荡器。

图 11-1 中电路是一个典型的石英晶体振荡器电路。非门 1 和 2 之间用电容 C_1 隔开，C_1 是耦合电容，C_2 是抑制高次谐波电容，两个电阻 R 的作用是使反相器工作在线性放大区。R 值的选取与反相器电路有关，TTL 门电路的 R 值选 $0.7K\Omega \sim 2K\Omega$，CMOS 门电路的 R 值选 $10\Omega \sim 100\Omega$ 之间。

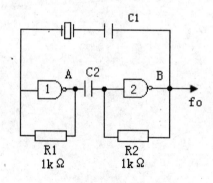

图 11-1　应用石英晶振的时钟电路

石英晶体不仅频率稳定，而且选频特性也非常好，此电路中只有频率为石英晶体串联谐振频率 f_s 的信号最容易通过，而其他频率信号都会大大衰减。石英晶体振荡器的振荡频率仅取决于晶体的串联谐振频率，而与电路的外接 RC 值无关，但 C_1、C_2 的选择应使电路的阻抗最小。

2. 施密特触发器

施密特电路具有滞回电压传输特性，可以用来做波形的整形和变换，可以做脉冲幅度的鉴别，也可以构成多谐振荡器。

图 11-2 是应用集成施密特非门电路的多谐振荡器电路。接通电源瞬间电容 C 上的电压为 0，V_0 输出为高电平。V_0 的高电平通过电阻 R 向 C 充电，当 V_i 达到正向阈值电压 V_{t+} 时触发器翻转，V_0 输出为低电平，电容 C 开始放电，V_i 电压开始下降。当 V_i 下降到负向阈值电压 V_{t-} 时电路又发生翻转，如此往复形成振荡。

图中集成电路采用 7414，输出信号周期与 RC 的关系为：

$$T \approx 0.77RC$$

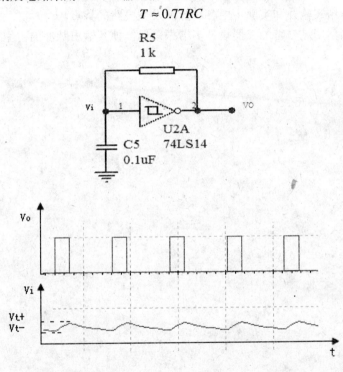

图 11-2　用斯密特电路组成的多谐振荡器及其波形图

三、实验设备及元器件

双踪示波器，万用表，5V 直流电源、数字实验箱；

7400　1块；　7414 或 7413 一块；

石英晶体一支；

电阻电容若干；二极管　二只

四、实验内容、要求与步骤

1. 按图 11-1 做一个应用石英晶体振荡器的双脉冲发生器电路。自己设计 R、C_1 和 C_2 值，测 A、B 点波形，并绘在同一坐标图中。

2. 用 7414（或 7413）施密特电路做多谐振荡器，观测输入输出波形图和频率，并由图求出 V_{t^+} 和 V_{t^-} 值来。

五、思考题

1. 总结实验九和实验十中各种脉冲发生电路的特点。

2. 如何用施密特触发器设计多谐振荡器，使其输出脉冲的占空比可调。

实验十二　定时器 555 的应用

一、实验目的

1. 熟悉 555 定时器的工作原理；
2. 熟悉 555 定时器的典型应用；
3. 了解定时元件对输出信号周期及脉冲宽度的影响。

二、实验设备及器件

1. 555 定时器、电阻、电容
2. 双踪示波器
3. 万用表
4. 连续脉冲源
5. 音频信号源
6. 数字频率计

三、实验原理

集成时基电路又称为集成定时器或 555 电路，是一种数字、模拟混合型的中规模集成电路，应用十分广泛。它是一种产生时间延迟和多种脉冲信号的电路，由于内部电压标准使用了三个 5K 电阻，故取名 555 电路。其电路类型有双极型和 CMOS 型两大类，二者的结构与工作原理类似。几乎所有的双极型产品型号最后的三位数码都是 555 或 556；所有的 CMOS 产品型号最后四位数码都是 7555 或 7556，二者的逻辑功能和引脚排列完全相同，易于互换。555 和 7555 是单定时器。556 和 7556 是双定时器。双极型的电源电压 $V_{CC}=+5V\sim+15V$，输出的最大电流可达 200mA，CMOS 型的电源电压为 $+3\sim+18V$。

1. 555 电路的工作原理

555 电路的内部电路方框图如图 12—1 所示。它含有两个电压比较器，一个基本 RS 触发器，一个放电开关管 T，比较器的参考电压由三只 5KΩ 的电阻器构成的分压器提供。它们分别使高电平比较器 A1 的同相输入端和低电平比较器 A2 的反相输入端的参考电平为 $\frac{2}{3}V_{CC}$ 和 $\frac{1}{3}V_{CC}$。A1 与 A2 的输出端控制 RS 触发器状态和放电管开关状态。当输入信号自 6 脚，即高电平触发输入并超过

参考电平 $\frac{2}{3}V_{CC}$ 时，且 2 脚输入电平大于 $\frac{1}{3}V_{CC}$ 时，触发器复位，555 的输出端 3 脚输出低电平，同时放电开关管导通；当输入信号自 2 脚输入并低于 $\frac{1}{3}V_{CC}$ 时，触发器置位，555 的 3 脚输出高电平，同时放电开关管截止。

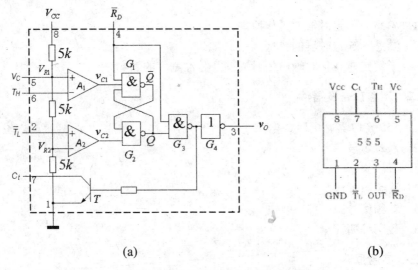

(a)   (b)

图 12-1　555 定时器内部框图及引脚排列

$\overline{R}_D$：复位端（4 脚），当 $\overline{R}_D = 0$，555 输出低电平。正常工作时 $\overline{R}_D$ 端接高电平。

Vc：控制电压端（5 脚），平时输出 $\frac{2}{3}V_{CC}$ 作为比较器 A1 的参考电平，当 5 脚外接一个输入电压 Vc，高电平比较器 A1 的同相输入端和低电平比较器 A2 的反相输入端的参考电平为 Vc 和 1/2Vc，即改变了比较器的参考电平，从而实现对输出的另一种控制，在不接外加电压时，通常接一个 0.01μf 的电容器到地，起滤波作用，以消除外来的干扰，以确保参考电平的稳定。

T：放电管，当 T 导通时，将给接于脚 7 的电容器提供低阻放电通路。
555 定时器主要是与电阻、电容构成充放电电路，并由两个比较器来检测电容器上的电压，以确定输出电平的高低和放电开关管的通断。可方便地构成单稳态触发器，多谐振荡器，施密特触发器等脉冲产生或波形变换电路。

2．555 定时器的典型应用

（1）构成施密特触发器。

将 555 定时器的 2 脚和 6 脚两个输入端连在一起作为信号输入端，即可得到施密特触发器。

（2）构成单稳态触发器。

若以 555 定时器的 2 脚作为触发信号的输入端，并将 7 脚接至 6 脚，同时在 6 脚对地接入电容，就构成了单稳态触发器，如图 12-2。暂稳态的持续时间取决于外接电阻 R 和电容 C 的大小：

$$t_w = RC\ln 3 = 1.1RC$$

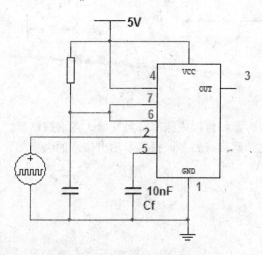

图 12-2　555 构成单稳态触发器

（3）构成多谐振荡器。

只要将 555 定时器的 2 脚和 6 脚连在一起接成施密特触发器，然后再将放电端 7 脚经 RC 积分电路接回输入端就可以了。

四、实验内容

1．用 555 定时器构成单稳态触发器，用双踪示波器观测 Vi 与 Vo 的波形，测定暂稳态的持续时间。

2．用 555 构成多谐振荡器，参考实验电路图 12-3 接线，用双踪示波器观测 Vc 与 Vo 的波形，测定频率。

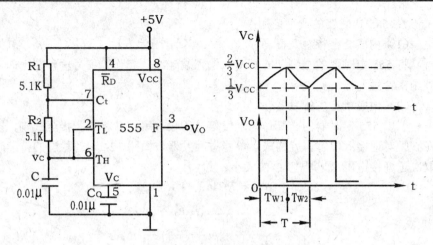

图 12-3 多谐振荡器

五、思考题

1. 由 555 定时器如何接成施密特触发器、多谐振荡器、单稳态触发器？

2. 由 555 定时器构成的多谐振荡器输出信号的频率如何调节？

实验十三　D/A 转换电路

一、实验目的

1．了解数字量转换为模拟信号的一般原理。

2．掌握运用集成 D/A 转换器实现数/模转换的一般方法，探索影响分辨率和精度的主要因素。

3．熟悉 D/A 转换器集成芯片 DAC0832 的性能，学习其使用方法。

二、实验原理

能够把数字信号转换成模拟信号的电路叫 D/A 转换器，或简称 DAC。它实际上是一种数码电路，将输入的数字信号转变为模拟信号输出，如图 13-1 所示。

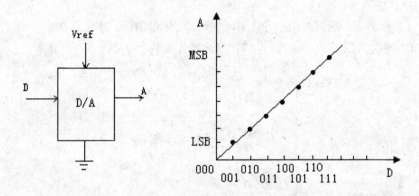

图 13-1　数字信号转变为模拟信号

欲完成 D/A 转换任务，转换器应由如下基本部分组成：

（1）基准源：提供基准模拟量 V_{Ref}，要求精度高而且很稳定。

（2）译码网络：其作用是按照一定的权值来分配模拟基准量 V_{ref}，以获得不同的二进制分量。常见的译码网络有 R-2R T 型网络和 R-2R 倒 T 型网络、权电流网络、权电容网络等。

（3）模拟开关：其作用就是按各位数字信号的状态，将模拟基准量 V_{Ref} 接入译码网络，因此开关动作就由输入的数字信号控制，即每一位数字信号控制一位开关，开关个数与数字位数相同。

（4）求和电路：其作用就是将不同数值的二进制模拟分量迭加起来，得到总的模拟输出量。求和电路通常采用运算放大器组成，并要求运放有高的增益、高的输入阻抗。

将上述四部分都集成在一起的 D/A 转换器并不多。从应用上看四位一体的结构反而不方便不灵活。目前大多数集成 D/A 转换器只是将模拟开关和译码网络制造在同一芯片上。求和电路和基准源均采取外接。

在 D/A、A/D 转换器中，数字信号常用二进制小数或二进制分数表示，D 即为 $D = d_0 2^0 + d_1 2^1 + \ldots\ldots + d_{n-1} 2^{n-1}$

那么 D/A 转换器的输出模拟量与输入数字量之间的关系为：

$$V_0 = \frac{V_{ref}}{2^n} \bullet (d_0 2^0 + d_1 2^1 + \ldots\ldots d_{n-1} 2^{n-1})$$

其中 $V_{Ref}/2^n$ 称为量化单位，也是最低数字位对应的模拟量，常记做作 LSB。V_{ref} 就是基准电压源。

DAC 的基本参数

（1）分辨率：是指对应一个 LSB 的模拟电压量的值。本指标决定了数字输入端的位数，故常常用 bit 表示，如 10bit 或 12bit。

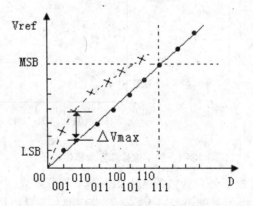

图 13-2　转换精度示意图

（2）精度：D/A 转换器的精度是 D/A 转换器的实际传输特性与理想传输特性之间的最大偏差，见图 13-2，直线和圆点表示的为理想特性，虚线和×表示的为实际特性，最大偏差 ΔV_{max} 和单位 LSB 之比就是精度 E_A：

$$E_A = \frac{|\Delta V_{max}|}{1LSB}$$

（3）满量程电压：当输入数字全为 1 时输出模拟电压变化达到最大值，即达到 MSB 的电压值，输出电压与基准信号 V_{ref} 的关系为：

$$V_0 = V_{ref}(1 - 2^{-n})$$

由于在 MSB 时 V_0 和 V_{ref} 相差不多，一般常用基准电压 V_{ref} 代表满量程电压。

集成 D/A 转换电路种类很多，在精度上有 12 位、14 位、16 位、18 位以及 20 位的，在速度上有 16 位几百千赫兹和 8 位 100 兆赫兹以上的。我们国产的微机兼容的有 CB0830/0831/0832，用于数字声频的有 14 位的 TD1540，等等。本实验将采用大规模集成电路 DAC0832 实现 D/A 转换。

1. D/A 转换器 DAC0832 是采用 CMOS 工艺制成的单片电流输出型 8 位数／模转换器。图 13－3 是 DAC0832 的逻辑框图及引脚排列。

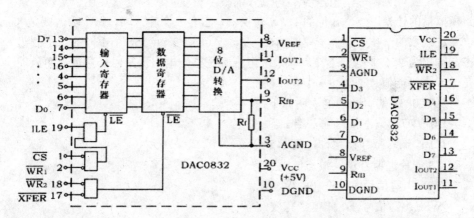

图 13－3　DAC0832 转换器逻辑框图和引脚排列

器件的核心部分采用倒 T 型电阻网络的 8 位 D/A 转换器，如图 13－4 所示。它是由倒 T 型 R－2R 电阻网络、模拟开关、运算放大器和参考电压 V_{REF} 四部分组成。

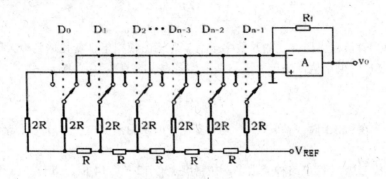

图 13-4 倒 T 型电阻网络 D / A 转换电路

运放的输出电压为：

$$V_0 = \frac{V_{ref} R_f}{2^n R} \bullet (d_0 2^0 + d_1 2^1 + \ldots\ldots d_{n-1} 2^{n-1})$$

由上式可见，输出电压 V_O 与输入的数字量成正比，这就实现了从数字量到模拟量的转换。一个 8 位的 D / A 转换器，它有 8 个输入端，每个输入端是 8 位二进制数的一位，有一个模拟输出端，输入可有 $2^8 = 256$ 个不同的二进制组态，输出为 256 个电压之一，即输出电压不是整个电压范围内任意值，而只能是 256 个可能值。

DAC0832 的引脚功能说明如下：

D0－D7：数字信号输入端

ILE：输入寄存器允许，高电平有效

$\overline{CS}$：片选信号输入端，低电平有效

$\overline{WR_1}$：写信号 1，低电平有效

$\overline{WR_2}$：写信号 2，低电平有效

$\overline{XFER}$：传输控制信号，低电平有效

I_{OUT1}，I_{OUT2}：DAC 电流输出端

R_{fB}：集成在片内的反馈电阻引出端，在构成电压输出 DAC 时，此端应接运算放大器的输出端，

V_{REF}：基准电压（-10～+10）V

VCC：电源电压（+5～+15）V

AGND：模拟地

DGND：数字地

二、实验设备及器件

1. 数字实验台 1 台
2. 万用表 1 块
3. 集成电路 DAC0832、μA741 各一片
4. 电位器 10kΩ、1kΩ 各一只

四、实验内容

1. 参考图 13-5 接线，电路接成直通方式，即 $\overline{CS}$、$\overline{WR_1}$、$\overline{WR_2}$、$\overline{XFER}$ 接地；ALE、VCC、VREF 接+5V 电源；运放电源接±15V；D0~D7 接逻辑开关的输出插口，输出端 V。接直流数字电压表。令 D0~D7 全置零，调节运放的电位器使 μA741 输出为零。

2. 按表 13-1 所列的输入数字信号，用数字电压表测量运放的输出电压 Vo，并将测量结果填入表中，并与理论值进行比较。记录实验结果于表 13-1。并根据数据用坐标纸绘制 D—A 特性曲线。标出 LSB 和 MSB 值，并与理论计算数值对比，分析其精度和误差，找出产生误差的原因。

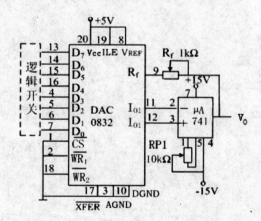

图 13-5　D/A 转换器实验线路

表 13-1

输入数字量	输出模拟电压（v）	
$D_7D_6D_5D_4D_3D_2D_1D_0$	实测值	理论值
0 0 0 0 0 0 0 0		
0 0 0 0 0 0 0 1		
0 0 0 0 0 0 1 1		
0 0 0 0 0 1 1 1		
0 0 0 0 1 1 1 1		
0 0 0 1 1 1 1 1		
0 0 1 1 1 1 1 1		
0 1 1 1 1 1 1 1		
1 1 1 1 1 1 1 1		

五、实验思考

1. DAC 主要技术指标有哪些？
2. 为什么 DAC 转换器的输出都要接运算放大器？

实验十四　A/D 转换电路

一、实验目的

1. 熟悉 A/D 转换器的工作原理；
2. 熟悉 A/D 转换器集成芯片 DAC0809 的性能，学习其使用方法。

二、实验原理

A/D 转换器实际上是一种编码电路，它将模拟信号 A 转换为数字信号 D（如图 14-1）。A/D 转换器实现的转换关系为：

$$D = \frac{A_0}{A_{\text{Re}f}}$$

式中 A_{Ref} 为基准模拟量。若 D 为二进制数字码，则上式可以写为：

$$A_0 = A_{ref} \bullet D = \frac{V_{ref}}{2^n} \bullet (d_0 2^0 + d_1 2^1 + \cdots + d_{n-1} 2^{n-1})$$

其转换过程可由如下步骤组成：

（a）采样：把时间上连续变化的模拟量转换为时间离散的模拟量。通常采用等时间隔采样。

（b）量化：把采样得到的在时间离散而在数值上连续的模拟量以一定的准确度转换成数字值。

（c）编码：把已经量化的数值以一定的码制进行编码输出。通常采用二进制数编码。上述过程如图 14-2 所示。

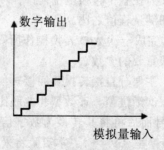

图 14-1　模数转换模型

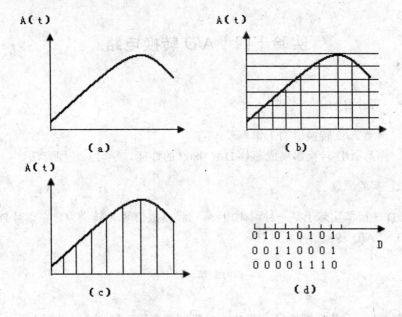

图 14-2　A/D 转换过程

模数转换器的主要参数：

（1）分辨率。以输入模拟量的最大值时所对应的数字量的二进制的位数来表示，位数越多，说明量化误差越小，转换的精度越高。如果输入模拟量为 V_{xmax}，输出的位数为 n，则一个量化单位 LSB 表示为：

$$LSB = V_{xmax} / 2^n$$

那么量化误差可以用±1/2LSB 来表示。

（2）输入模拟量的范围和输入电阻。

（3）相对精度：定义为在整个转换范围内，任一数字输出码所对应的模拟量输入值与理论值之差和满量程值之比。

（4）转换速度：通常完成一次 A/D 转换操作所需时间来表示转换速度。在与微机联用情况下这是很重要的参数。

A/D 转换器的分类：主要分直接转换和间接转换型两大类型。直接转换型又称比较型，常见的有逐次渐进型、计数型和并联比较型，间接转换型是先将模拟信号转换成中间信号而后再将其转换为数字信号，如电压—时间转换型（V—T）或电压—频率转换型（V—F）。本实验将采用逐次渐近型模/数转换器 ADC0809 实现 A / D 转换。

1．A／D 转换器 ADC0809

ADC0809 是采用 CMOS 工艺制成的单片 8 位 8 通道大规模集成电路，其逻辑框图及引脚排列如图 14－3 所示。内部集成了可以锁存控制的 8 路模拟转换开关，输出采用三态输出缓冲寄存器，电平与 TTL 兼容。器件的核心部分是 8 位 A／D 转换器，它由比较器、逐次渐近寄存器、D／A 转换器及控制和定时 5 部分组成。

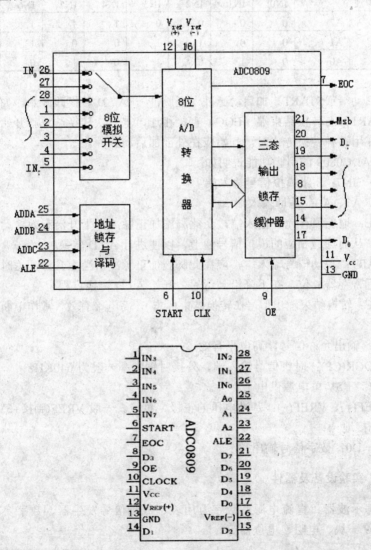

图 14-3　ADC0809 转换器逻辑框图及引脚排列

8 路模拟输入信号选择哪一路进行转换，用多路选择器完成。多路选择器包括 8 个标准的 CMOS 模拟开关，3 个地址锁存器。A2、A1、A0 三位地址选择有 8 种状态，可以选中 8 路模拟信号中的任何一路进行 A / D 转换。地址译码与模拟输入通道的选通关系如表 14-1 所示。

表 14-1

被选模拟通道		IN0	IN1	IN2	IN3	IN4	IN5	IN6	IN7
地	A2	0	0	0	0	1	1	1	1
	A1	0	0	1	1	0	0	1	1
址	A0	0	1	0	1	0	1	0	1

在启动端（START）加启动脉冲（正脉冲），A / D 转换即开始。如将启动端（START）与转换结束端（EOC）直接相连，上一次转换结束就开始下一次转换，在用这种转换方式时，开始应在外部加启动脉冲。

2. ADC0809 的引脚功能说明如下

IN0-IN7：8 路模拟信号输入端

A2、A1、A0：地址输入端

ALE：地址锁存允许输入端，在此脚施加正脉冲，上升沿有效，此时锁存地址码，从而选通相应的模拟信号通道，以便进行 A / D 转换

START：启动信号输入端，应在此脚施加正脉冲，当上升沿到达时，内部逐次逼近寄存器复位，在下降沿到达后，开始 A / D 转换过程

EOC：转换结束输出信号（转换结束标志），高电平有效，常作中断申请信号

OE：输出允许信号，高电平有效

CLOCK(CP)：时钟信号输入端，外接时钟频率一般为 640KHz

Vcc：+5V 单电源供电

VREF(+)、VREF(-)：基准电压的正极、负极。一般 VREF(+)接+5V 电源，VREF(-)接地

D7-D0：数字信号输出端

三、实验设备及器件

双踪示波器、直流电源、数字万用表、低频信号发生器、数字实验箱、ADC0809 一块、电阻、电位器等。

四、实验内容

1. 实验台上搭接电路

按图 14-4 所示电路接线，其中输出端 D7～D0 分别接发光二极管 LED，CLOCK 接连续脉冲（频率大于 1kHz）。

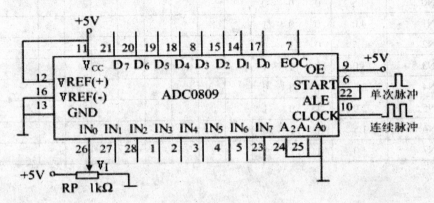

图 14-4　A/D 转换器实验线路

2. 记录实验结果

（1）八路输入模拟信号 1V～4.5V，由+5V 电源经电阻 R 分压组成；变换结果 D0～D7 接逻辑电平显示器输入插口，CP 时钟脉冲由计数脉冲源提供，取 f＝100KHz；A0～A2 地址端接逻辑电平输出插口。

（2）接通电源后，在启动端（START）加一正单次脉冲，下降沿一到即开始 A／D 转换。

（3）按表 14－2 的要求观察，记录 IN0～IN7 八路模拟信号的转换结果，并将转换结果换算成十进制数表示的电压值，并与数字电压表实测的各路输入电压值进行比较，分析误差原因。

五、思考题

1. ADC 的主要技术指标有哪些？

2. 在 ADC0809 的引脚中，除模拟输入和数字输出引脚外，其他各个引脚的功能是什么？

表 14-2

被选模拟通道	输入模拟量	地 址			输 出 数 字 量								
IN	Vi（V）	A2	A1	A0	D7	D6	D5	D4	D3	D2	D1	D0	十进制
IN0	4.5	0	0	0									
IN1	4.0	0	0	1									
IN2	3.5	0	1	0									
IN3	3.0	0	1	1									
IN4	2.5	1	0	0									
IN5	2.0	1	0	1									
IN6	1.5	1	1	0									
IN7	1.0	1	1	1									

实验十五　存储器

一、实验目的

了解大规模集成存储器的原理、特点和应用。

二、实验原理

存储器是支持计算机的主要硬件之一。存储器分两大类：只读存储器 ROM 和读写存储器 RAM。ROM 在出厂时已固化了存储的内容，所以在使用过程中只能从中取出已存入的信息，不能任意更改，切断电源后数据也不会丢失。

RAM 又叫随机存取存储器，使用时可以存入数据，可以取出数据，存入的数据可以改写，而一旦断电所存的数据会自动丢失。

下面让我们以集成电路 2114 和 2716 为例来认识存储器。

（一）RAM　2114

2114RAM 是采用高速 NMOS 工艺制作的静态半导体存储器，其引脚图和逻辑符号如图 15－1 所示，容量为 1024×4 位，能驱动一个 TTL 门。由存贮矩阵、读写电路、地址译码器及输入输出电路构成。它的地址线有 10 根（$A_9 \sim A_0$），分行码（A_3、A_4、A_5、A_6、A_7、A_8）和列码（A_0、A_1、A_2、A_9）两部分，选择要访问的单元时注意地址要选对。数据线（$I/O_4 \sim I/O_1$）有 1～4 位，$\overline{CS}$ 为片选端，$R/\overline{W}$ 为读写控制端，这几个之间的逻辑关系如表 16-1 所示。

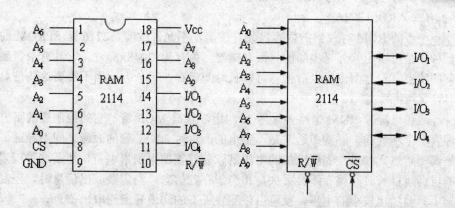

图 15－1　RAM2114 引脚图和逻辑符号

表 15-1 2114 的控制功能

$\overline{CS}$	$R/\overline{W}$	I/O	RAM 操作方式
1	X	高阻	未选中（保持原态）
0	0	1	写入 1
0	0	0	写入 0
0	1	输出数据	读

当要对器件进行读操作时，$R/\overline{W}$ 必须保持高电平，给定地址的存储单元内容（四位）经读/写控制传送到三态输出缓冲器，只有在 $\overline{CS}$ 为低电平时才能把读出内容送到引 $I/O_1 \sim I/O_4$。

当对器件要进行写操作时，在 $I/O_1 \sim I/O_4$ 端输入要写入的数据，送入写入单元地址码（$A_0 \sim A_9$）。然后再使 R/W 和 $\overline{CS}$ 均为低电平。但应注意，在地址码改变期间，$R/\overline{W}$ 和 $\overline{CS}$ 至少要有一个为高电平或全为高电平，否则会引起误写，冲掉原来内容。为了确保数据可靠地写入，写脉冲宽度 T_{wp} 必须大于手册中规定的数值。

2114 随机存取存储器有下列特点：

（1）使用单路+5V 电源，功耗低速度高，所有输入输出与 TTL 电路直接相容。

（2）完成一次读或写操作的时间为 100～200ns。

（3）采用直接耦合的静态电路，不需时钟信号，也不需刷新。

（4）存取简单、输入输出信号同极性，读出信息是非破坏性的。输入输出共用 I/O 端，并直接与系统总线相连。

（二）ROM 2716

一般的 ROM 存储器的内容只允许读出，不允许改写。2716 是 EPROM 的一种，是可以用紫外光擦除的只读存储器，内存为 2048×8 位。它具有录音磁带的特点，一方面停电以后信息可以长时间保存，另一方面当不需要这些信息时，又可擦除重写。

这种可擦除 ROM 电路多采用 N 沟道浮置栅 MOS 管。它的控制栅的下方埋有一个浮置栅，浮置栅通常是不带电的，这时 MOS 管的源漏之间不导通，呈高阻状态。如果控制栅上加的电压足以使浮置栅上积累电荷，那么这种积累的电荷可以长时间保存不会丢失，相当于存贮信息。当需要取出信息时，控制栅上只要加比较小的电压，就可以使浮置栅下的沟道导通而取出信息。

2716 的引脚图和逻辑符号如图 15-2 所示。它有 24 条引脚，其中 11 根地

址线 $A_{10} \sim A_0$，8 根数据线 $O_7 \sim O_0$，电源、地和三条控制线。控制线的功能如表 15-2 所示。

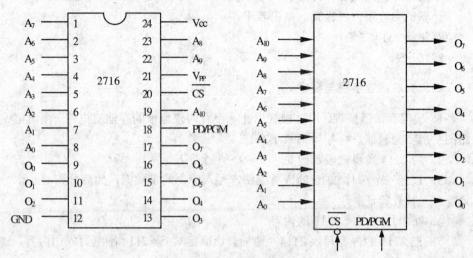

图 15-2　2716 引脚图和逻辑符号

表中第一行为"读"数据。这时 PD/PGM 和 $\overline{CS}$ 均为低电平，V_{pp} 取+5V。

第二行因为 $\overline{CS}$ 为高电平，输出呈高阻态，这就是禁止数据读出。

第三行为待机模式，也称功耗降低方式。当它不工作时可将 PD/PGW 置高电平，可大大降低功耗。

第四行是"写"方式，写操作时 V_{pp} 要用+25V 的电源，$\overline{CS}$ =1，在 PD/PGM 端加入正脉冲可将数据写入指定的地址。

第五行是校核方式，在 V_{pp} 为+25V 时，$\overline{CS}$ 和 PD/PGM 均置 0，可按读方式校验写入的数据。

第六行说明在 V_{pp}=+25V，$\overline{CS}$ 为高电平，PD/PGM 为 0 时，禁止将数据写入存储器。

表 15-2

模式	PD/PGW	$\overline{CS}$	V_{pp}	V_{CC}	输出
读	0	0	+5V	+5V	数据读出
未选中	X	1	+5V	+5V	高阻
节电模式	1	X	+5V	+5V	高阻
编程	正脉冲	1	+25V	+5V	数据写入
程序校验	0	0	+25V	+5V	数据读出
程序禁止	0	1	+25V	+5V	高阻

三、实验设备及元器件

示波器、直流电源、万用表、数字实验箱、单片机（8031、8051 均可）、计算机实验箱、二极管、电阻若干。

存储器 2114 二块，

2716 一块，

四、实验内容步骤与要求

1．根据存储器原理，用二极管设计一个有四位地址的存储器电路。画出电路图，用实验验证，将结果记录下来。

2．用 2114 实现七段数码显示 0～9～十个字符。

3．设计一个单片 2716 的读写电路，写入一个简单数据，然后分别对几个地址单元抽查验证。

4．在单片机上读 2716 的内容。

5．把 2716 的内容写入 2114（地址自己确定）。读 2114 刚刚写入的内容。

五、思考题

1．RAM 与 ROM 的主要区别是什么？

2．能否用 2 片 2114 RAM 组成 1024×8 位的存储器？

第二部分　综合实验

实验十六　电子秒表

一、实验目的

1. 学习数字电路中基本 RS 触发器、单稳态触发器、时钟发生器及计数、译码显示电路的综合应用。
2. 学习电子秒表的调试方法。

二、实验原理

图 16-1 为电子秒表的电路原理图。按功能分成四个单元电路进行分析。

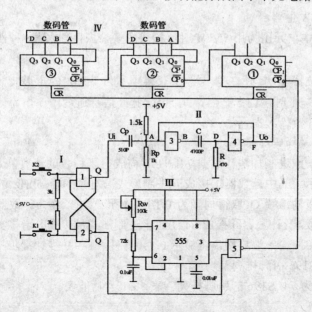

图 16-1　电路原理图

1．基本 RS 触发器

图 16－1 中单元Ⅰ为用集成与非门构成的基本 RS 触发器，属低电平直接触发的触发器，有直接置位、复位的功能。

它的一路输出 $\overline{Q}$ 作为单稳态触发器的输入，另一路输出 Q 作为与非门 5 的输入控制信号。

按动按钮开关 K_2（接地），则门 1 输出 $\overline{Q}$ =1；门 2 输出 Q=0；K_2 复位后 Q、$\overline{Q}$ 状态保持不变。再按动按钮开关 K_1，则 Q 由 0 变为 1，门 5 开启，为计数器启动作好准备。$\overline{Q}$ 由 1 变 0，送出负脉冲，启动单稳态触发器工作。

基本 RS 触发器在电子秒表中的职能是启动和停止秒表的工作。

2．单稳态触发器

图 16－1 中单元Ⅱ为用集成与非门构成的微分型单稳态触发器，图 16－2 为各点波形图。

单稳态触发器的输入触发负脉冲信号 u_i 由基本 RS 触发器 $\overline{Q}$ 端提供；输出负脉冲 u_o 则加到计数器的消除端 $\overline{CR}$ 。

静态时，门 4 应处于截止状态，故电阻 R 必须小于门的关门电阻 R_{off}。定时元件 RC 取值不同，输出脉冲宽度也不同。当触发触冲宽度小于输出脉冲宽度时，可以省去输入微分电路的 R_P 和 C_P。单稳态触发器在电子秒表中的职能是为计数器提供清零信号。

3．时钟发生器

图 16-1 中单元Ⅲ为用 555 定时器构成的多谐振荡器，是一种性能较好的时钟源。

调节电位器 R_W，使在输出端 3 获得频率为 50Hz 的矩形波信号，当基本 RS 触发器 Q＝1 时，门 5 开启，此 50Hz 脉冲信号通过门 5 作为计数脉冲加于计数器①的计数输入端 $\overline{CP_1}$。

4．计数及译码显示

二－五－十进制加法计数据 74LS196 构成电子秒表的计数单元，如图 9－1 中单元Ⅳ所示。其中计数器①接成五进制形式，对频率为 50Hz 的时钟脉冲进行五分频，在输出端 Q_3 取得周期为 0.1S 的矩形脉冲，作为计数器②的时钟输入，计数器②、及计数器③接成 8421 码十进制形式，其输出端与实验台上译码显示单元的相应输入端连接，可显示 0.1~0.9 秒、1~9.9 秒计量。

5．74LS196 引脚排列及功能

图 16-3 为 74LS196 的引脚排列，表 16-1 为功能表。

表 16-1

输　　入							输　　出			
$\overline{CR}$	CT/$\overline{LD}$	$\overline{CP}$	D_3	D_2	D_1	D_0	Q_3	Q_2	Q_1	Q_0
0	×	×	×	×	×	×	0	0	0	0
1	0	×	d_3	d_2	d_1	d_0	d_3	d_2	d_1	d_0
1	1	↓	×	×	×	×	加　计　数			

异步清除 $\overline{CR}$ 为低电平时，可完成清除功能，与时钟脉冲 $\overline{CP_0}$、$\overline{CP_1}$ 状态无关。清除功能完成后，应置高电平。

计数／置数控制端 CT/$\overline{LD}$ 为低电平时，输出端 $Q_3 \sim Q_0$ 可预置成与数据输入端 $D_3 \sim D_0$ 相一致状态，而与 $\overline{CP_0}$、$\overline{CP_1}$ 状态无关。预置后置高电平。

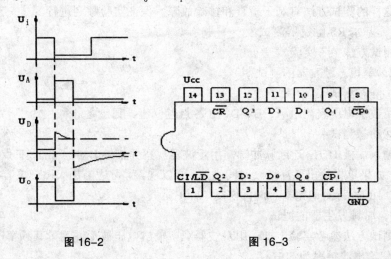

图 16-2　　　　　　　　　　　图 16-3

计数时，$\overline{CR}$、CT/$\overline{LD}$ 置高电平，在 $\overline{CP_0}$、$\overline{CP_1}$ 下降沿作用下进行计数。

①十进制数（8421 码）

$\overline{CP_1}$ 与 Q_0 连接，计数脉冲由 $\overline{CP_0}$ 输入。

②二——五混合进制计数

$\overline{CP_0}$ 与 Q_3 连接，计数脉冲由 $\overline{CP_1}$ 输入。

③二分频、五分频计数

$\overline{CP_0}$ 输入，在 Q_0 得二分频输出；$\overline{CP_1}$ 输入，在 $Q_1 \sim Q_3$ 得五分频输出。

三、仪器设备及器件

数字电子技术实验箱，数字频率计，直流电压表，示波器，74LS00×2，555×1，74LS196×3，电阻、电容若干。

四、实验内容和步骤

由于实验电路中使用器件较多，实验前必须合理安排各器件在实验台上的位置，使电路逻辑清楚，接线较短。

实验时，应按照实验任务的次序，将各单元电路逐个进行接线和调试，即分别测试基本 RS 触发器，单稳态触发器、时钟发生器及各计数器的逻辑功能。待各单元电路工作正常后，再将有关电路逐级连接起来进行测试……，直到测试电子秒表整个电路的功能。

这样的测试方法有利于检查和排除故障，保证实验顺利进行。

1．基本 RS 触发器测试

测试方法参考实验六

2．单稳态触发器的测试

①静态测试

用数字电压表测量 A、B、D、F 各点电位值。记录之。

②动态测试

输入端接 1KHz 连续脉冲源，用示波器观察并描绘 D 点（u_D）、F 点（u_o）波形，如果单稳输出脉冲持续时间太短，难以观察，可适当加大微分电容 C（如改为 0.1μ），待测试完毕后，再恢复 4700P。

3．时钟发生器的测试

测试方法参考实验十二，用示波器观察输出电压波形并测量其频率，调节 R_W，使输出波频率为 50Hz。

4．计数器的测试

（1）计数器①接成五进制形式，$\overline{CR}$、$CT/\overline{LD}$、$D_8 \sim D_0$ 接逻辑开关，$\overline{CP}$ 接单次脉冲源，$Q_8 \sim Q_1$ 接实验台上译码显示输入端 C、B、A，按表 16－1 逐项测试其逻辑功能。记录之。

（2）计数器②和计数器③接成 8421 码十进制形式，同内容①进行逻辑功能测试。记录之。

（3）将计数器①、②、③级连，进行逻辑功能测试。记录之。

5．电子秒表的整体测试

各单元电路测试正常后，按图 16－1 把几个单元电路连接起来，进行电子秒表的总体测试。

　　先按一下按钮开关 K_2，此时电子秒表不工作，再按一下按钮开关 K_1，则计数器清零后便开始计时，观察数码管显示计数情况是否正常。如不需要计时或暂停时，按一下开关 K_2，计数立即停止，但数码管保留所计时之值。

　　6．电子秒表准确度的测试

　　利用实验台上电子钟的秒计时对电子秒表进行校准。

五、实验思考

　　1．总结电子秒表整个调试过程。

　　2．分析调试中发现的问题及故障排除方法。

实验十七　简易数字频率计

一、实验目的

1. 进一步掌握计数器原理及其在频率测量中的应用。
2. 学会对比较复杂的电路系统进行设计和调试的方法。

二、实验原理

频率计不仅可测量正弦信号、方波、三角波及尖脉冲等信号的频率变化，而且还可以对如光、声、振动、位移等物理量转换成电量以后的量进行测量，是一种常用的电子仪器。用数字电路构成的数字频率计具有结构简单、可靠性及稳定性都较好的特点。

图 17-1 是简易数字频计原理框图。它包括（1）时基电路，由晶振或其他脉冲发生电路产生振荡信号，然后经门控双稳电路整形为对称的方波。（2）输入电路，包括信号的产生与转换电路，放大与整形电路。（3）主闸门，是计量被测信号的中心控制电路，主闸门的启闭时间一般取 1 秒，计数的被测脉冲数就等于频率，改变主闸门的启闭时间，可以改变测量频率的范围。（4）计数、锁存、译码和显示电路，可以由显示的精度确定显示的位数，例如三位、四位或五位。（5）控制单元：这里的控制信号主要是两种：锁存器的锁存信号和计数器的清零信号，这两种信号由单稳触发器产生。

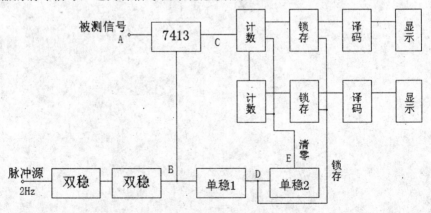

图 17-1　简易数字频率计原理框图

　　计数器可以对输入脉冲进行计数，如果我们外加一个电子闸门，一秒钟打开一次，计数器每秒钟计的脉冲个数，就是被测信号的频率 f，这样计数器就变成了频率计，而且可以用数字显示，所以就构成最简单的数字频率计。原理如图 17-2 所示。

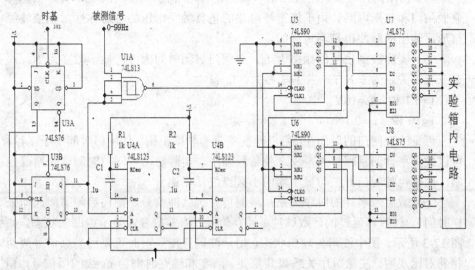

图 17-2　简易数字频率计原理图

　　（1）时基电路：用晶振或非门构成振荡器，经双稳电路（D 触发器或 JK 触发器）使时基信号变成对称的方波。时基信号的基本时间为 1 秒，用以控制主闸门的启闭时间。根据测量的需要也可设置 0.1 秒或 10 秒。

　　（2）输入电路可根据被测信号的情况来设计，实验室中如果测量正弦波、三角波等幅度较大信号时，可免去设计。对于小信号弱信号，还需经一系列方法使之变为可推动主闸门的信号（大于 1.5V）。对于大信号（超过 5V）还要衰减至 5V 以下。

　　（3）计数与显示电路：采用多位 7490 十进计数器、7475 四 D 锁存器、7448 译码器和 LED 七段显示器。

　　在计数、译码、显示系统中加入锁存器，可以使显示的数码变化较慢，看起 来没闪烁感，并且不显示计数过程，只显示采样结束时的结果。在频率计、数字电压表等仪表的数字显示技术中一般都采用锁存器（或叫锁定器）。

　　这里所用的锁存器为 7475。电路中含有四个锁存器，每个锁存器有一个数据输入端 D，有两个互补的输出端 Q 和 $\overline{Q}$，还有一个使能端 G，这就是锁存信号的输入端。当 G 置 1 时，D 端的信号立即传输给输出端 Q，使 Q=D，Q 随 D

的变化而变化。当 G 置 0 时，Q 便保持 D 在置 0 前的状态，对 D 端再传来的数据不予理睬，一直保持这个状态直至下次 G 置 1 时之前。锁存器的真值表类似于 D 触发器。

（4）主闸门：可以采用双四输入端施密特与非门电路 74LS13，实际上它可兼做闸门和整形电路。由于施密特电路的正负触发电压的不对称性，正弦波经整形后输出的脉冲也是不对称的。

（5）实际被测信号的频率为 f_0，主闸门启闭时间为 T，显示数字为 N，那么三者的关系为 f=N/T。当 T=1 秒时，$f_0=N$

T=0.1 秒　　$f_0=10N$

T=10 秒　　$f_0=0.1N$

可见改变闸门的时间 T，可以改变测量的频率范围。使闸门时间小于 1 秒，可以使频率计的量程扩大，反之使量程缩小，实际应用中闸门时间应该精确控制，同时也使闸门开关与显示器的小数点位置相连。

（6）数字频率计的时序关系：被测信号、脉冲信号、闸门启闭时间（即采样时间）、计数器通过的计数脉冲、锁存信号、清零信号及显示控制的状态，如图 17-3 所示。图中波形为理想状态，用示波器直接观察时可采用高频信号两两相邻对比观察。注意时序关系极其重要。清零和锁存时间为 μs 级的弱信号，稍不注意就会找不到。

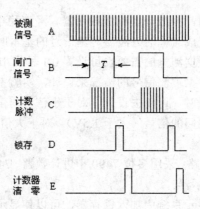

图 17-3　数字频率计的时序波形

三、实验设备及元器件

双踪示波器、直流电源、万用表、低频信号发生器、数字实验箱双 4 输入施密特与非门 7413，双 JK 触发器 7476，双单稳触发器 74123 各 1 块，管脚排

列如图 17-4

异步十进计数器 7490，四位锁存器 7475 各 2 片，

74LS48×3，LED 七段显示器×3

1.2k 电阻、0.047uF 电容各 2 个

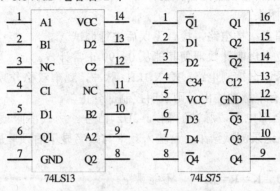

图 17-4 7413 和 7475 管脚图

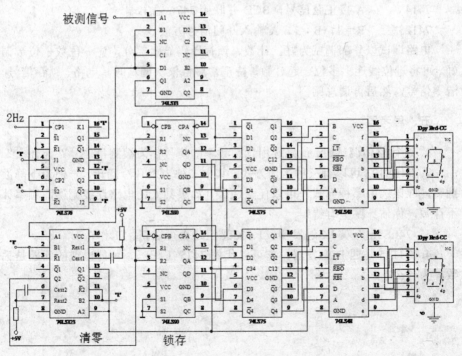

图 17-5 数字频率计接线图

四、实验内容、步骤与要求

1. 弄清数字频率计测频原理，参考上图 17-5 接线，时基信号由实验室函数发生器提供。或自行根据元器件设计出频率计的逻辑图，根据逻辑图画出连接元器件的布线图来。

2. 在实验箱上接插电路，检查无误后进行调试。

3. 调试两位十进制计数器使其能从 0—99 正常计数。

4. 用示波器调试控制电路：输入 1kHz 脉冲，观察双稳分频是否正常，两级单稳输出端均有窄脉冲输出，则表明控制部分正常。

5. 连接好全部电路，脉冲源输入 2Hz 信号。测试不同频率的正弦信号（50Hz、60Hz），记录测试结果。看输入频率与数字显示的频率是否一致。

注意事项

7476	J＝K＝R＝S＝1，不能悬空。
7490	S1＝S2＝0，R1、R2 接清零。
7414	A 接正弦信号，BCD 并联接 7476 输出端。
74123	R＝1，B＝1，A 输入开门信号方波。

电路调试以分部调试为好。计数、锁存译码显示部分，先一位数一位数调好。再将进位线连上多位一起计数，待正常后再依次调试时基电路、锁存信号、清零信号，然后再调总闸门。

五、思考题

1. 进行整体调试时，最好选用什么频率的信号作为被测量信号？为什么？

2. 74LS123 可以有三种工作方式，其中二种为上升沿翻转，一种为下降沿翻转，应该选中哪种方式？可以任意选么？如果某人的电路连线无误而频率计不计数，你估计哪里有错？

3. 74LS76 为双 JK 触发器，J、K 悬空是否可以正常工作？

4. 74175 是四 D 触发器，它可以代替 7475 工作吗？可能出现的问题是丢数，为什么？

实验十八　数字音乐电路

一、实验目的

1. 学习设计调试系统电路，提高实验技能。
2. 了解数字音乐电路的一般原理。

二、实验原理

科学家对音乐的研究表明：声音的高低不同实质是振动频率的不同，声音高意味着频率高，频率低声音也就低。进一步的研究表明，在音列中的每一个音名——它们是 do、re、mi、fa、sol、la、si，并分别用符号 C、D、E、F、G、A、B 来表标记—都有固定不变的频率。

目前国际上采用以 a=440HZ 作为标准国际音高。

按照十二平均音律的 12 音之间的频率成等比级数关系，在 每八个度内 12 个音之间的等比系数 $2^{1/12}$。两个八度之间的同一音名的频率为整倍数关系。小字一组和小字二组的各音标准频率如表 18-1 所示。

表 18-1　小字一组和小字二组的标准频率（HZ）

音名		c	d	e	f	g	a	b
简谱名		1	2	3	4	5	6	7
频率	小字一组	261.63	293.66	329.63	349.23	392.00	440.00	493.88
	小字二组	523.25	587.32	659.26	698.46	783.49	880.00	987.77

实际的音乐电子电路是复杂的，需要考虑音色、音强等诸多因素。图 18-1 是一个用数字分频法获得音阶的单音电子琴电路。

数字分频法形成音阶的基本原理，就是采用二进制计数器对高频脉冲源的输出不断计数，设一个译码器监督其计数过程，当计数到过某个需要的地方时，译码器输出一个脉冲，并反馈到计数器的清零使之又从头计数。这样在译码器的输出端产生了一定频率的脉冲信号，可以在扬声器中产生一个单音的音响，采用一组译码器产生一系列音阶（例如 8 个），就可以构成一个单音电子琴。

图 18-1 的电子琴电路分如下几部分：

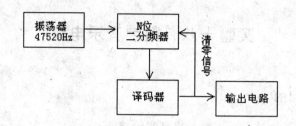

图 18-1 单音音阶电路

（1）振荡器：电路结构自己设计。产生的振荡频率为 47520HZ 或 95040HZ。

（2）分频器：采用双四位二进制计数器如 74LS393，有八个输出端。

（3）译码器：实际上是音乐合成的关键，采用二输入端或四输入端与非门，输出端与键盘相连。

（4）输出电路：译码器输出信号是一系列线状脉冲，直接放至扬声器时音质很差。采用一个二分频器使输出信号为方波，音质得到提高。

（5）颤音振荡器：产生一系列频率可变的超低频脉冲，加在振荡器上使音色丰富。当然也可以不要。

译码器的状态要根据音阶的频率计算出分频数。以小字一组 a（6）音为例，要获得 440HZ 脉冲，计数器的状态应该这样来获得：47520/440=108，108/2=54，十进制数 54 变为八位二进制数为 00110110（依次为 Q_8、Q_7、Q_6、Q_5、Q_4、Q_3、Q_2、Q_1），即当 Q_2、Q_3、Q_5、Q_6 同时为 1 时可产生 440HZ 脉冲。

如果音量要大一些，在输出级加功放电路，或通过插口到外接功放去放音。

三、实验设备及元器件

双四位二进制计数器 74393 一片

双 JK 触发器 7476 一片，四 2 输入与非门 7400 二片

双四输入与非门 7420 二片，8 选 1 多路变换器 74ls151 片

四、实验内容与步骤

1. 用 74393，7476，7400，7420 构成单音音阶电路。振荡器频率 47520Hz，用实验室函数发生器替代。

2. 要求按图 18-1 画出实际接线图，可参考图 18-2 接线。

3. 根据表 18-2 计算出译码器的分频数。

表 18-2

音名（小字一组）	c′	d′	e′	f′	g′	a′	b′
简谱名	1	2	3	4	5	6	7
实测频率							
分频数							
八位二进制数							

4．实验调试：（1）函数发生器输出 47520Hz 信号

（2）用频率计测试译码器输出 7 个信号的频率是否正确。

（3）逐一接通扬声器输出电路，听一听 7 个音阶是否正确。
用示波器测试各音的波形和周期，计算频率值，与理论值进行比较。

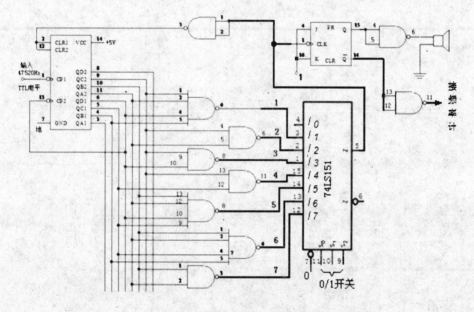

图 18-2　实验电路接线图

5．实验要求：

（1）完善电子琴电路的设计，实验前交设计报告。报告的内容包括设计思路、理论计算、逻辑设计、逻辑图、结果预测。并提交一份元器件清单，老师根据此清单准备元件。

（2）实验及写报告。

五、思考题

1. 如果是产生一组低八度的音（即小字组）电路如何设计？再产生一组高八度的音（即小字二组）电路如何设计？

2. 写一写改进意见。把颤音电路加上，效果如何？

实验十九　数据采集系统

一、实验目的

1．学习较复杂系统的设计调试能力。
2．加深 ADC 和 DAC 的应用能力。

二、实验原理

数据采集系统的框图 19-1 所示，由 A/D 转换器、三态缓冲器、存储器、地址码发生器、控制逻辑、电子开关、D/A 转换器等七部分组成。

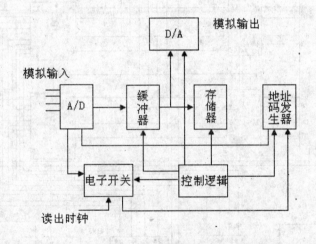

图 19-1　数据采集系统原理

实际电路原理如图 19-2 所示，ADC 转换器为 0809，三态缓冲器由 74126 完成，存储器为 2114 RAM，地址码发生器由 74193 构成，控制逻辑由四个与非门构成，电子开关由 7464 与或非门构成。

G_1G_2 构成一个基本 RS 触发器，加电源后系统处于采集存储状态：G_1 输出高电平使 DAC 等待工作，且使地址码发生器的输入与 ADC 的 EOC 接通，同时使缓冲器开始工作；G_2 输出低电平，使存储器允许写入数据，且关断了读出时钟脉冲；G_3 的输出瞬时出现高电平后变成低电平，使地址码发生器指向 000H 存贮单元，并等待工作；G_4 输出高电平。由于 ADC0809 接成自动转换型，因此每当转换结束后，EOC 输出一个正向脉冲，使 ADC 开始下次转换。转换开始后，EOC 输出一个负向脉冲，使地址发生器产生一个新的地址码，等待数据写入。当该工作过程重复进行至 400H 时，G_4 输出变为低电平，一方面使地址码发生器指向 OOOH 地址单元，另一方面使基本 RS 触发器翻转一次，其作用是使三态缓冲器停止工作、DAC 开始工作=存储器允许读操作，且使地址码发生器与读出时钟连通，系统处于读状态，在这种状态下系统重复输出原采样所得结果。

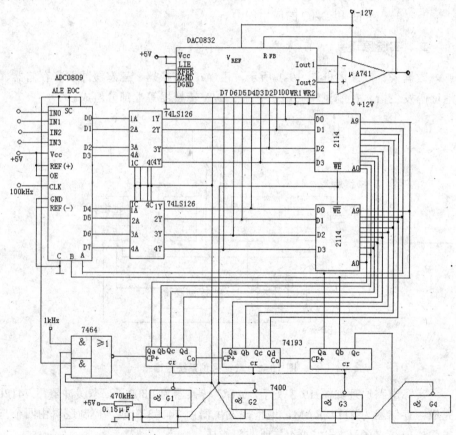

图 19-2　数据采集系统原理图

三、实验设备及元器件

　　直流电源、数字实验箱、DAC0832D/A 转换器 1 个、ADC0809A/D 转换器 1 个、74126 三态缓冲器 2 个、2114 RAM 2 个、74193 四位计数器 3 个、7400

与非门 1 个、7476 与或非门 1 个、µA741 运放一个、470K 电阻、0.15µf 电容各一个。

四、实验步骤

弄清原理，自拟步骤。

*注：将 ADC0809 的启动转换信号 SC（6）、允许地址锁存信号 ALE（22）和转换结束信号 EOC（7）相连，这样一次转换刚结束，又能重新启动，从而能自动连续转换。

实验二十　数字电压表

一、实验目的

学习设计和调试复杂电路的方法，提高实际技能。同时了解数字电压表测量电压的一般原理。

二、实验原理

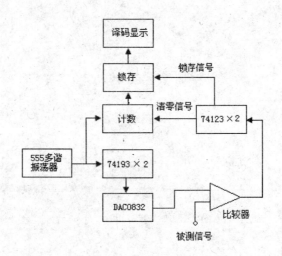

图 20-1　数字电压表原理

图 20-1 是数字电压表原理的框图。时基电路 555 多谐振荡器产生频率为 1KHZ 的方波送到计数器，由计数器将数字信号送入 D/A 转换器 0832 中。被测模拟信号送入比较器，比较器的另一端输入信号是由 D/A 转换器输出的信号，当两信号比较的结果使得运放 μA741 的输出端为高电平时，这个电平推动 74LS123 单稳触发器产生输出信号，锁存信号送入锁存器，使显示器锁定计数器刚刚计数的值，此值即为被测信号的电压。此时单脉冲清零信号则送入计数器清零，又可开始下一次计数。注意图中诸多元件的接法忽略了，详细接线图可参照前面的有关实验。

电路连好之后，先校准，输入已知电压的标准信号，调整电路，使输出电压的数值与标准值相符。校准后就可用此数字电压表进行测量了。

三、实验设备及元器件

译码显示器件

555 定时器　1 片

DAC0832　　1 片

74193　4 片，74123　2 片，　7475　2 片

四、实验步骤

自拟步骤，将实验结果列表，与标准电压表测的数据对照，求出误差。

五、思考题

1. 如何提高数字电压表的测量精度？你有哪些改进措施？

2. MC14433 是 3 1/2 位数字表头通用的 A/D 转换器，其中集成了双积分式 A/D 转换器所有的 CMOS 模拟电路和数字电路，输出波形是按位扫描的 BCD 码。具有外接元件少，输入阻抗高，功耗低，电源电压范围宽，精度高等特点，并且具有自动校零和自动极性转换功能，只要外接少量的阻容件即可构成一个完整的 A/D 转换器。其管脚排列如图 20-2。可选做，练习 A/D 转换操作过程。

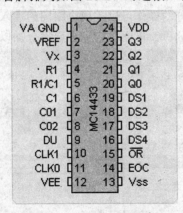

图 20-2　MC14433 引脚图

它的缺点是与数字表头连接时还要补加译码电路。3 位半 A/D 转换器 CB7106、CB7112 可以直接与 LCD 显示器连用，CB7107、CB7137 则可以和 LED 显示器连用，因为它们含有译码电路，具有直接显示结果的功能。

附录 A　Multisim 10 在实验中的应用

第一节　Multisim 10 基本操作界面简介

  Multisim 10 是加拿大 interactive image technologies (Electronics Workbench) 公司开发研制的包括原理图输入、仿真与可编程逻辑仿真等功能的完整电子线路设计与仿真工具系统。为适应不同的应用场合，Multisim 推出了许多版本，用户可以根据自己的需要加以选择。图 A1-1 是 Multisim 10 的基本操作界面，新产生的电路原理图文件以 Multisim 10 默认的名称 circuit1 来命名。从图上可以看到 Multisim 10 的基本操作界面包括：电路工作区、菜单栏、工具栏、元器件栏、仿真开关、电路元件属性视窗等，此操作界面就相当于一个虚拟电子实验平台。通过对各部分的操作可以实现电路图的输入、编辑，并根据需要对电路进行相应的仿真和分析。下面对它的主要部分加以介绍。

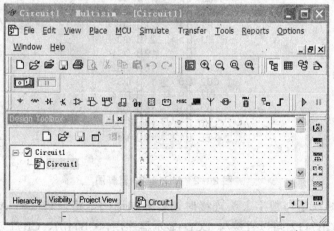

图 A1-1　Multisim 10 操作界面

  Multisim 10 的菜单栏和 Windows 的操作界面类似，如图 A1-2 所示。

File：此菜单中包含了对文件和项目的基本操作以及打印等命令，如新建、打开、、关闭、保存文件等操作，用法与 Windows 类似。

Edit：Edit 命令提供了类似于图形编辑软件的基本编辑功能，用于对电路图进行编辑。此菜单提供了 Undo、Redo、Copy、Paste、Delete、Find、Select All、Graphic Annotation 和 Arientation 等选项，与 Windows 类似。

View：此菜单提供了全屏显示，缩放基本操作界面等功能。

Place：此菜单提供了绘制电路图所需的元器件 (component)、节点 (junction)、导线 (wire)、总线 (bus)、各种连接接口 (connectors)，添加注释 (comment)、文本框 (text) 和图形 (graphics) 等内容。

Simulate：此菜单提供启动、停止电路仿真功能，还提供仿真所需的各种仪器仪表，对电路进行各种分析。

Transfer：此菜单提供传送仿真电路的各种数据到 ultiboard 10、ultiboard 9 或更早版本，以及向其他 PCB 软件输送数据。Transfer 菜单提供的命令可以完成 Multisim 对其他 EDA 软件需要的文件格式的输出。

Tools：此菜单中的命令主要针对元器件的编辑与管理。Tools 菜单还提供数据库管理和各种常用电路，如：放大电路、滤波器、555 时基电路和晶体管电路。

Reports：此菜单主要用于产生指定元件在数据库中的所有信息和当前电路窗口中所有元件的详细参数报告。

Options：此菜单的功能是根据用户需要自己设置电路、存放模式以及各种界面。

Window：此菜单的功能是对一个电路的多页子电路以及各个不同电路进行同时浏览。

Help：单击 Help 菜单，打开 Help 窗口，其中含有帮助主题目录、帮助主题索引、版权所有以及版本说明等。

File Edit View Place MCU Simulate Transfer Tools Reports Options Window Help

图 A1-2 菜单栏

图 A1-3 所示为 Multisim 10 操作界面的工具栏，它包括新建、打开、保存、打印文件，复制、粘贴等选项，与 Windows 类似。

图 A1-3 工具栏

图 A1-4 是 Simulation 工具栏，可以控制电路仿真的开始、结束和暂停。

图 A1-4 仿真工具栏

图 A1-5 所示为常用元器件库，其中图标分别说明如下：

图 A1-5 器件库图标

┬ —— 电源及信号源库

∿ —— 基本元件库：其中包括电容、电阻、电感、开关等基本元件

⊬ —— 二极管类元件库

≮ —— 晶体管类元件库

⊅ —— 模拟集成电路类元件库

⊅ —— TTL 集成电路类元件库：其中皆为 74 系列元件

CMOS —— CMOS 集成电路类元件库

⌸ —— 其他数字电路类器件库

⌒ —— 模数混合电路类器件库

▣ —— 指示类器件库

⊡ —— POWER 其中含有稳压电源、电位计、保险丝等

MISC —— 其他器件库：其中含有晶振、传输线等

▇ —— 微机外围设备器件库：其中含有键盘、液晶显示器等

Ψ —— 射频类器件库

-M- —— 机械电子类器件库

▤ —— MCU 模块库：其中含有单片机、存储器等

现以选择一个电源类器件说明如何选取建立电路所需元器件。单击电源及信号源库的图标，便得到图 A1-6 所示的窗口。在 family 区单击 POWER-SOUR 器件族，在 component 区单击所需器件，在 Symbol 区域便出现所选器件的图标，单击右上角 OK 按钮即可完成，此例中选用的元件是直流电源。选用器件

也可从菜单取用，但不如直接从工具栏取用便捷，在此不再详述。

图 A1-6　选择器件窗口

在 Multisim Master Database 中有实际元器件和虚拟元器件，它们之间根本差别在于：一种是与实际元器件的型号、参数值以及封装都相对应的元器件，在设计中选用此类器件，不仅可以使设计仿真与实际情况有良好的对应性，还可以直接将设计导出到 Ultiboard 中进行 PCB 的设计。另一种器件的参数值是该类器件的典型值，不与实际器件对应，用户可以根据需要改变器件模型的参数值，只能用于仿真，这类器件称为虚拟器件。它们在工具栏和对话窗口中的表示方法也不同。在元器件工具栏中，虽然代表虚拟器件的按钮的图标与该类实际器件的图标形状相同，但虚拟器件的按钮有底色，而实际器件没有，如图 A1-7 所示。D1 是 1N1202C 型号的实际二极管，图标为蓝色，D2 是虚拟器件，器件名称后标有 VIRTUAL 字样，图标为黑色。

图 A1-7　二极管符号

在 Multisim 10 操作界面中（图 A1-1），右下侧的一列图标是电子线路分析中常用的虚拟仪器仪表。以下是数字电路分析中常用的仪器图标：

　　—— 数字万用表

　　—— 函数发生器

—— 双踪示波器

—— 频率计

—— 字信号发生器

—— 逻辑转换仪

—— 逻辑分析仪

在进行电路仿真时，单击这些仪器仪表的图标，会有一虚影随鼠标移动，在电路绘制区合适的位置单击，就完成了虚拟仪器的放置。

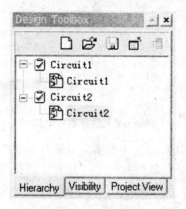

图 A1-8　设计工具箱

图 A1-8 是 Multisim 10 操作界面中（图 A1-1）设计工具箱区域。Hierarchy 选项用于对不同电路的分层显示。单击图 A1-8 中的 图标，将生成电路 circuit2，两个电路以层次化的形式表现。Visibility 选项用于设置是否显示电路的各种参数标识。Project View 选项用于显示同一电路的不同页。

第二节　Multisim 10 虚拟仪器的使用

Multisim 10 中提供了很多在电子线路分析中常用的仪器仪表，这些虚拟仪器仪表的参数设置、使用方法与外观设计与实验室中的真实仪器仪表基本一致。下面介绍几个数字电路中常用的仪器仪表。

2.1　数字万用表

数字万用表（Multimeter）可以用来测量交流电压（电流），直流电压（电流）、电阻以及电路中两个节点间的分贝损耗。其量程可以自动调整。

单击 Simulate/Instruments/ Multimeter，或直接单击基本操作界面右下侧的虚拟仪器图标中的数字万用表的图标，有一个万用表虚影跟随鼠标移动在电路窗口的相应位置，单击鼠标，完成虚拟仪器的放置，得到图 A2-1（a）所示的数字万用表图标。双击该图标，便可得到图 A2-1（b）所示的数字万用表参数设置控制面板。该控制面板的各个按钮的功能如下所述。

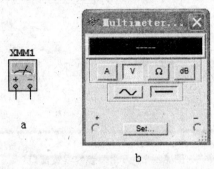

图 A2-1　数字万用表

上面的黑色条形框用于测量数值的显示。下面为测量类型选取栏。

（1）　A：测量对象为电流。

（2）　V：测量对象为电压。

（3）　Ω：测量对象为电阻。

（4）　Db：将万用表切换到分贝显示。

（5）　～：表示万用表的测量对象为交流参数。

（6）　-：表示万用表的测量对象为直流参数。

（7）　+：对应数字万用表的正极；-：对应数字万用表的负极。

（8）　Set：单击该按钮可弹出一对话框。在其中可以对数字万用表的表内阻和量程等参数进行设置。如图 A2-2 所示。

Ammeter resistance：设置电流表的表头内阻。

Voltmeter resistance：设置电压表的表头内阻。

Ohmmeter current：设置欧姆表的表头内阻。理想的电表的内部电阻对测量结果无影响。而在实际测量中，测量结果在一定程度上受到点表内阻的影响，在 Multisim 8 中可以通过内部参数的设置来模拟实际测量的结果。

db Relative Value：db 测量中电压的参考值。

Display Setting：显示设置区。可以设置电流表、电压表以及欧姆表的量程。

图 A2-2   万用表参数设置窗口

图 A2-3（a）是一简单的分压电路，以此说明数字万用表的应用。万用表的接入电路方法如图所示，图 A2-3（b）是仿真分析结果。

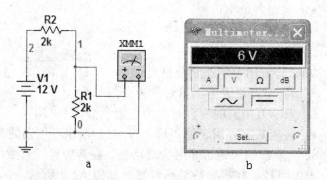

图 A2-3   万用表的应用

2.2   函数信号发生器

函数信号发生器（Function Generator）是用来提供正弦波、三角波和方波的电压源。单击 Simulate/Instruments/Function Generator，或直接单击基本操作界面右下侧的虚拟仪器图标中的函数信号发生器的图标，得到图 A2-4（a）所示的函数信号发生器图标。双击该图标，便可以得到图 A2-4（b）所示的函数信号发生器参数设置控制面板。该控制面板的各部分的功能如下所述。

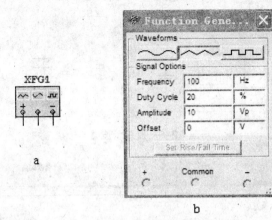

图 A2-4 函数信号发生器

上方的三个按钮用于选择输出波形，分别为正弦波、三角波和方波。

（1）Frequency：设置输出信号的频率。

（2）Duty Cycle：设置输出的方波和三角波电压信号的占空比。

（3）Amplitude：设置输出信号的幅度的峰值。

（4）Offset：设置输出信号的偏置电压，即设置输出信号中直流成分的大小。

（5）Set Rise/Fall Time：设置上升沿与下降沿的时间。仅对方波有效。

（6）+：表示波形电压信号的正极输出端。

（7）-：表示波形电压信号的负极输出端。

（8）Common：表示公共接地端。

2.3 双踪示波器

双踪示波器(oscilloscope)主要用来显示被测量信号的波形，还可以测量被测量信号的频率等参数。单击 Simulate/Instruments/ oscilloscope，或直接单击基本操作界面右下侧的虚拟仪器图标中的双踪示波器的图标，得到图 A2-5 所示的双踪示波器的图标。双击示波器图标，便可以得到图 A2-6 所示的示波器的参数设置控制面板，其中显示波形为图中信号发生器产生的频率 1kHz、峰值 10V 的正弦波。此面板主要由显示屏以及游标测量参数显示区、Timebase 区、ChannelA 区、ChannelB 区和 Trigger 区这 6 个部分组成。

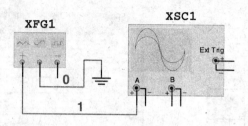

图 A2-5 双踪示波器

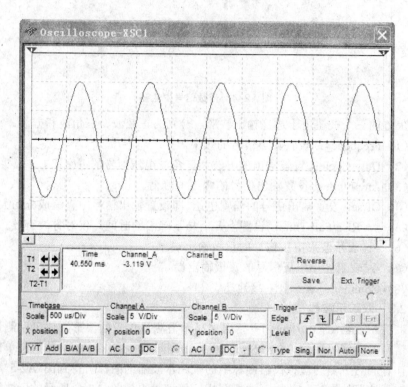

图 A2-6 示波器面板

1. Timebase 区

Timebase 区用来设置 X 轴的时间基准扫描时间。

Scale：设置 X 轴方向每一大格所表示的时间。单击该栏出现一对上下翻转箭头，可根据显示信号频率的高低，通过上、下翻转箭头选择合适的时间刻度。例如，一个周期为 1KHz 的信号，扫描时基参数应设置在 1ms 左右。

X Position：表示 X 轴方向时间基准的起点位置。

Y/T：显示随时间变化的信号波形。

B/A：将 A 通道的输入信号作为 X 轴扫描信号，B 通道的输入信号施加在 Y 轴上。

A/B：与 B/A 相反。

ADD：显示的波形是 A 通道的输入信号和 B 通道的输入信号之和。

2. Channel A 区和 Channel B 区

Channel A 区用来设置 A 通道的输入信号在 Y 轴的显示刻度。

Scale：设置 Y 轴的刻度。

Y position：设置 Y 轴的起点。

AC：显示信号的波形只含有 A 通道输入信号的交流成分。

0：A 通道的输入信号被短路。

DC：显示信号的波形含有 A 通道输入信号的交直流成分。

Channel B 区用来设置 B 通道的输入信号在 Y 轴的显示刻度，其设置方法与通道 A 相同。

3. Trigger 区

Trigger 区用来设置示波器的触发方式。

Edge：表示将输入信号的上升沿或下降沿作为触发信号。

Level：用于选择触发电平的大小。

Sing：当触发电平高于所设置的触发电平时，示波器就采样一次。每单击一次 Sing，便产生一个触发脉冲。

Nor：只要触发电平高于所设置的触发电平时，示波器就触发一次。

Auto：若输入信号变化比较平坦或只要有输入信号就要求其尽可能显示波形时，就选择它。

A：用 A 通道的输入信号作为触发信号。

B：用 B 通道的输入信号作为触发信号。

Ext：用示波器的外触发端的输入信号作为触发信号。

4. 游标测量参数显示区

游标测量参数显示区是用来显示两个游标所测得的显示波形的数据。可测量的波形参数有游标所在的时刻。两游标的时间差。通道 A、B 输入信号在游标处的信号幅度。通过单击游标中的左右箭头，可以移动游标。

2.4　字信号发生器

字信号发生器（Word Generator）可以采用多种方式产生 32 位同步逻辑信号，用于对数字电路进行测试，是一个通用的数字输入编辑器。

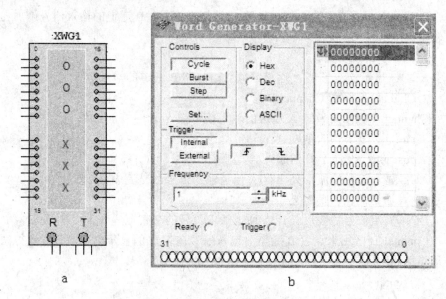

图 A2-7　字信号发生器

单击 Simulate/Instrument/Word Generator，或直接单击基本操作界面右下侧的虚拟仪器图标中的双踪示波器的图标，得到图 A2-7 所示的字信号发生器的图标，在字信号发生器的左右两侧各有 16 个端口，分别为 0~15 和 16~31 的数字信号输出端，下面的 R 表示输出端，用以输出与数字信号同步的时钟脉冲；T 表示输入端，用来接外部触发信号。

双击图 A2-7（a）所示的数字信号发生器图标，便可以得到图 A2-7（b）所示的数字信号发生器内部参数设置控制面板。该控制面板大致分为 5 各部分。

（1）Control 区：输出字符控制，用来设置字信号发生器的最右侧的字符编辑显示区字符信号的输出方式有以下三种模式。

Cycle：在已经设置好的初始值和终止值之间循环输出字符。

Burst：每单击一次，数字信号发生器将从初值开始到终止值结束的逻辑字符输出一次，即单页模式。

Step：每单击一次，输出一条字信号，即单步模式。

单击 Set 按钮，弹出图 A2-8 所示的对话框。该对话框主要用来设置字符信号的变化规律。其中各种参数含义如下所述。

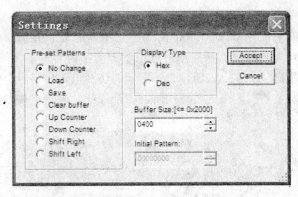

图 A2-8   字信号发生器的设置窗口

No Change：保持原有的设置。

Load：装载以前的字符信号的变化规律的文件。

Save：保存当前的字符信号的变化规律的文件。

Clear buffer：将字信号发生器的最右侧的字符编辑显示区字信号清零。

Up Count：字符编辑显示区字信号以加 1 的形式计数。

Down Count：字符编辑显示区字信号以减 1 的形式计数。

Shift Right：字符编辑显示区字信号右移。

Shift Left：字符编辑显示区字信号左移。

（2）Display Type 选项区：用来设置字符编辑显示区字信号的显示格式：Hex（十六进制）、Dec（十进制）Binary（二进制）、ASCII 几种字符格式。

（3）Trigger：用于设置触发方式。

Internal：内部触发方式，字符信号的输出由 Control 区的 3 种输出方式中的某一种来控制。

External：外部触发方式，此时，需要接入外部触发信号。右侧的两个按钮用于外部触发脉冲的上升或下降沿的选择。

（4）Frequency：用于设置字符信号的输出时钟频率。

（5）字符编辑显示区：字信号发生器的最右侧的空白显示区，用来显示字符。

下面看一个字信号发生器应用实例。字信号发生器在数字信号电路的处理中有着极为广泛的应用。单击字信号发生器控制面板右侧的字信号预览窗口的顶部，以便设置循环输出的字信号的起始位置。右击窗口的顶部，选择 Set Cursor，设置起点。将鼠标移动到其他的位置单击右键，选择 Set Final Position，设置字信号循环的终点。设置完毕后，在字信号发生器的 Display 选项区中选择输出信号的模式。本例中，选择 Binary（二进制）。

设置输出的字信号为 0000、0010、0100、1000。可以在窗口中单击数字所在的行后，直接输入即可。所对应的外部引脚为字信号发生器的 0、1、2、3号引脚。在电路窗口中建立如图 A2-9 所示的仿真电路。用四个虚拟的探针灯来显示字信号发生器所产生的循环代码，四个探针灯应轮流被点亮。启动仿真开关进行仿真，并观测结果。

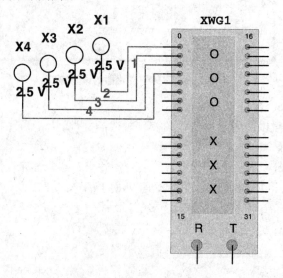

图 A2-9　字信号发生器的使用

2.5　逻辑分析仪

逻辑分析仪（Logic Analyzer）可以同时显示 16 路逻辑信号。逻辑分析仪常用于数字电路的时序分析。其功能类似于示波器，只不多逻辑分析仪可以同时显示 16 路信号，而示波器最多可以显示 4 路信号。单击 Simulate/Instruments/Logic Analyzer，或直接单击基本操作界面右下侧的虚拟仪器图标中的双踪示波器的图标，得到图 A2-10（a）所示逻辑分析仪的图标。C 端子是外部时钟输入端，Q 端子是时钟控制输入端，T 端子是触发控制输入端。

双击逻辑分析仪图标，便可以得到图 A2-10（b）所示的逻辑分析仪内部参数设置控制面板，其中波形是后面讲到的逻辑分析仪应用举例的结果。该面板主要功能如下所述。

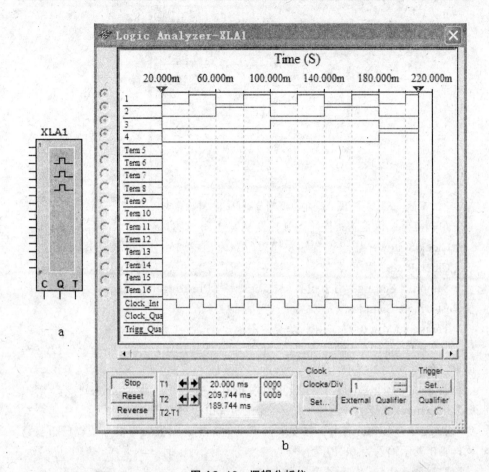

图 A2-10　逻辑分析仪

（1）Stop：停止逻辑信号波形显示。

（2）Reset：清除显示区域的波形，重新仿真。

（3）Reverse：将逻辑信号波形显示区域反色，由黑色变为白色，或者由白色变为黑色。

（4）T1：游标 1 的时间位置。左侧的空白处显示游标 1 所在的位置的时间值，右侧的空白处显示该时间处所对应的数据值。

（5）T2：游标 2 的时间位置。同上。

（6）T2-T1：显示游标 T2 与 T1 的时间差。

（7）Clock 区：时钟脉冲设置区。其中，Clocks/Div 用于设置每格所显示的时钟脉冲个数。

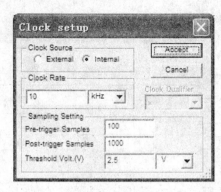

图 A2-11 逻辑分析仪的时钟设置窗口

单击 Clock 区的 Set 按钮，弹出图 A2-11 所示的对话框。其中：

Clock Source：用于设置触发模式，有内触发和外触发两种模式；

Clock Rate：用于设置时钟频率，仅对内触发模式有效；

Sampling Setting：用于设置取样方式，有 Pre-trigger samples（触发前采样）和 Post-trigger Samples（触发后采样）两种方式。

Threshold Volt（V）：用于设置门限电平。

（8）Trigger 区：触发方式控制区。单击 Set 按钮，弹出 Trigger Setting 对话框，如图 A2-12 所示。其中共分为 3 个区域。

Trigger Clock Edge：用于设置触发边沿，有上升沿触发(positive)、下降沿触发(negative)以及上升沿和下降沿都触发(both)3 种方式。

Trigger Qualifier：用于触发限制字设置。X 表示只要有信号逻辑分析仪就采样，0 表示输入为零时开始采样，1 表示输入为 1 时开始采样。

Trigger Pattern：用于设置触发样本，可以通过文本框和 TriggerCombinations 下拉列表框设置触发条件。

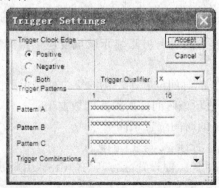

图 A2-12 逻辑分析仪的触发设置窗口

下面举例说明逻辑分析仪的应用,用逻辑分析仪观察字信号发生器的输出信号。设置字信号发生器输出二进制字信号 0000、0001～1001,即十进制中的 0～9 十个数据。电路连接如图 A2-13 所示,其中用七段数码管进行显示验证。图 A2-10 中显示波形即为逻辑分析仪的分析结果。 本例中字信号发生器和逻辑分析仪的扫描频率都设为 50Hz,以便于清晰地观察数码管数字显示的变化,以及逻辑分析仪中波形的变化。

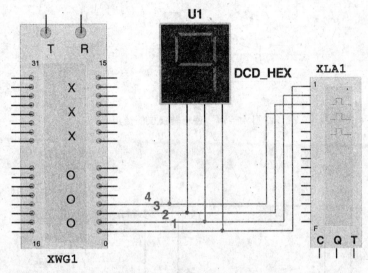

图 A2-13 逻辑分析仪的使用

2.6 逻辑转换仪

逻辑转换仪 (logic converter) 在数字电路中进行组合电路的分析时,有很实际的应用,逻辑转换仪可以在组合电路的真值表、逻辑表达式、逻辑电路之间任意地转换。单击 Simulate/Instruments/Logic Converter,或直接单击基本操作界面右下侧的虚拟仪器图标中的逻辑转换仪的图标,得到图 A2-14 所示逻辑转换仪的图标(标记 XLC1 符号)。双击逻辑转换仪的图标,便可得到逻辑转换仪的面板,如图 A2-15 所示,面板分为 4 个区,分别是变量选择区、真值表区、转换类型选择区和逻辑表达式显示区。

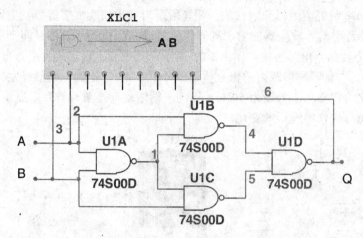

图 A2-14　逻辑转换仪的使用

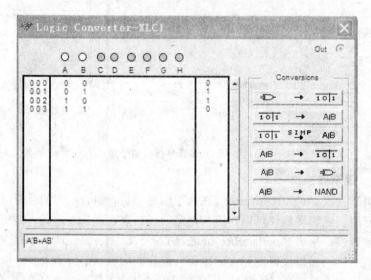

图 A2-15

1. 变量选择区

变量选择区在逻辑转换仪面板的最上面，罗列了可供选择的 8 个变量。单击某个变量，该变量就自动添加到面板的真值表中。

2. 真值表区

真值表区又分为 3 个栏，左边的显示栏显示了输入组合变量取值所对应的十进制数，中间显示栏显示了输入变量的各种组合，右边显示栏显示了逻辑函数的值。

3. 转换类型选择区

转换类型选择区位于真值表区的右侧，共有 6 个功能按钮，具体功能如下所述：

- 第一个按钮的功能是将逻辑电路图转换为真值表。具体步骤如下：

（1）将逻辑电路图的输入端连接到逻辑转换仪的输入端。

（2）将逻辑电路图的输出端连接到逻辑转换仪的输出端。

（3）单击该按钮，电路真值表就出现在逻辑转换仪面板的真值表区。

- 第二个按钮的功能是将真值表转换为逻辑表达式。
- 第三个按钮的功能是将真值表转换为最简逻辑表达式。

注意：简化一个逻辑表达式需要较大的内存空间，如果现有内存不够大，Multisim10 或许不能完成此操作指令。

- 第四个按钮的功能是由逻辑表达式转换为真值表。
- 第五个按钮的功能是由逻辑表达式转换为逻辑电路。
- 第六个按钮的功能是由逻辑表达式转换为与非门逻辑电路。

4. 逻辑表达式显示区

在执行相关的转换功能时，可在该条形框中显示或填写逻辑表达式。

现举例说明逻辑转换仪的应用。图所示为逻辑转换仪与电路的连接，单击控制面板右侧"将逻辑电路图转换为真值表"的功能按钮，便得到图中真值表区的显示结果，单击"将真值表转换为逻辑表达式"的功能按钮，便可得到逻辑表达式显示区给出的结果。

第三节 电路图的创建与仿真

在创建电路图时，取用元器件的方法有两种：从菜单取用或从工具栏取用。从菜单取用：通过 Place/ Place Component 命令打开 Select a Component 窗口，在 Database 的下拉菜单中选择所需器件所在数据库，然后在 group 下拉菜单中选择器件所在的器件库，最后在 Family 菜单中选择器件所在的器件系列，用鼠标选中所需的一个放置在电路图编辑窗口中，如图 A1-6 所示。器件在电路图中显示的图形符号，用户可以在 Symbol 选项框中预览到。从工具栏取用的方法第一节中已介绍过了。当器件放置到电路编辑窗口中后，用户就可以进行移动、复制、粘贴等编辑工作了，在此不再详述。

在将电路需要的元器件放置在电路编辑窗口后，用鼠标就可以方便地将器件连接起来。方法是：用鼠标单击连线的起点并拖动鼠标至连线的终点。在

Multisim 中连线的起点和终点不能悬空。

电路连接好后，就可以添加虚拟仪器，进行仿真和分析了。

Multisim 为用户提供了一个能够仿真的软件平台，允许用户在进行硬件实现以前，对电路进行仿真和分析。以下介绍数字电路中的一些基本部件的测试与仿真。

1. 全加器的逻辑功能测试

在此选用 74LS83 四位全加器完成一位二进制数全加的功能，A1、B1 为两个加数，CO 为来自低位的进位，S1 为和数，S2 为进位。用逻辑转换仪对进行功能测试，如图 A3-1 所示。图 A3-2(a) 是输出端 S1 的仿真结果，图 A3-2(b) 是输出端 S2 的仿真结果。

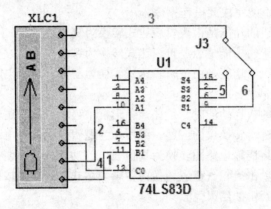

图 A3-1　全加器的逻辑功能测试图

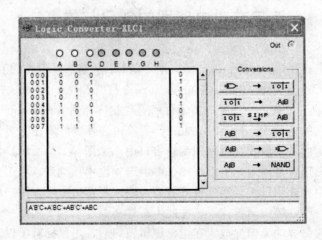

图 A3-2　全加器仿真结果图（a）

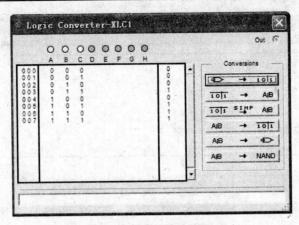

图 A3-2   全加器仿真结果图（b）

2. 微分式单稳态触发器

图 A3-3 是用 TTL 与非门构成的微分式单稳态触发电路，可参考原理图 10-2。门 1 或门 2 是触发器，C_2、R_2 构成输入微分电路。图 A3-3 是电路连接图，函数发生器产生 10kHz 方波信号，用示波器观看电路中各点的波形，图 A3-4 中显示波形分别是电路图中 5、2、3 和 4 节点的波形。为了便于同时观察各节点的波形，在此使用了四通道示波器。

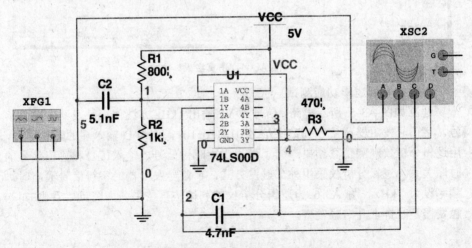

图 A3-3   单稳态触发电路

121

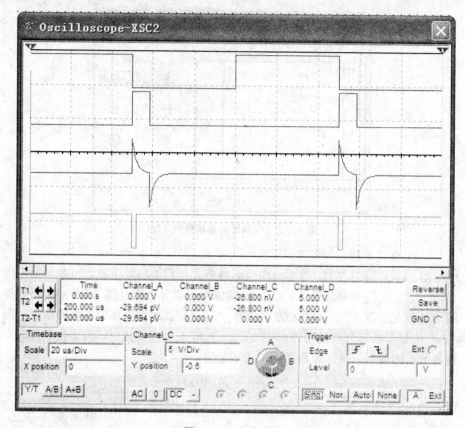

图 A3-4　仿真结果

3. D 触发器逻辑功能测试

建立如图 A3-5 所示电路，信号源 V2 输出 1kHz 方波作为触发器的时钟信号，字信号发生器产生序列数字信号 0101101101，作为 D 输入端的输入信号，用逻辑分析仪观测仿真结果。为了便于观察时钟信号、输入信号和输出信号的时序关系，逻辑分析仪采用外部触发方式，字信号发生器的字符信号输出时钟频率设为 1kHz。图 A3-6 为逻辑分析仪的测试仿真结果。由图可以看出 7474 触发器是时钟上升沿触发型。

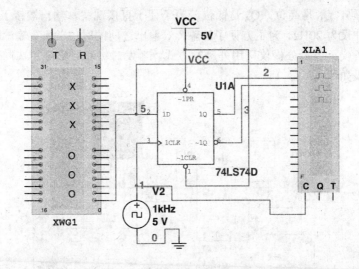

图 A3-5　D 触发器逻辑功能测试电路

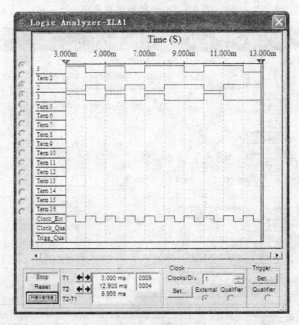

图 A3-6　仿真结果

4．计数器功能测试

集成电路 7490 是异步 2-5-10 计数器，在此将其接成 10 进制计数器如图 A3-7 所示。计数脉冲由 INA 输入，并且 Q_A 与 INB 相连接时，其输出 $Q_D Q_C Q_B Q_A$

为 8421 码，Q_D 是高位，Q_A 是低位。为了便于直接观察，输出端接了数码管，计数脉冲设为 20Hz。为了方便了解输入、输出之间的时序关系，输出端还接了逻辑分析仪。逻辑分析仪采用外触发方式，触发时钟和计数脉冲选同一信号，分析结果如图 A3-8。

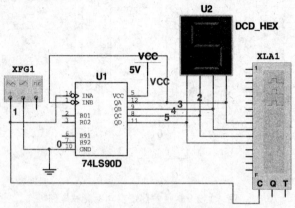

图 A3-7　计数器仿真电路

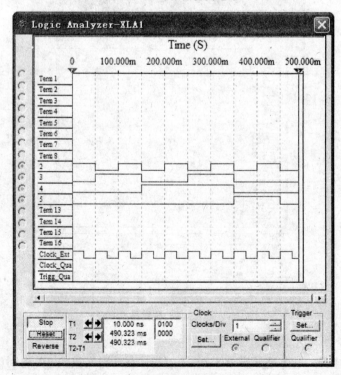

图 3-8　仿真结果

5. 移位寄存器功能测试

本例采用集成电路 74LS194 移位寄存器，寄存器接成串行右移工作方式，电路连接如图所示。用字信号发生器产生序列数字信号，作为右移串行输入端 SR 的输入信号，S0=1、S1=0 时，移位寄存器工作在右移状态，由 QD 端输出。用示波器显示仿真结果。

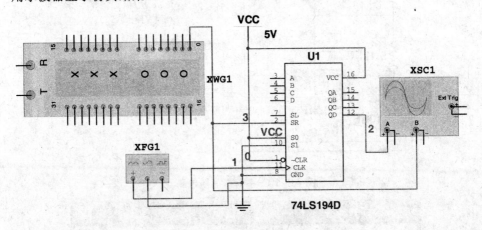

图 A3-9　移位寄存器仿真电路

6. 555 定时器构成多谐振荡器

用 555 定时器可以构成多谐振荡器、施密特振荡器和单稳态触发器，在此只介绍多谐振荡器。用 555 定时器构成的多谐振荡器电路有两种方法：一种是调用元件库中的 555 模块和相关器件组成多谐振荡器电路；一种是直接用 555 Timer Wizard 生成多谐振荡器。

用第一种方法构成的多谐振荡器电路如图 A3-10 所示。其中 RST 接高电平，DIS 端通过 R1 接 Vcc，将 THR 端和 TRI 端接在一起，通过 C1 接地。用示波器观测其工作波形。结果如图 A3-11 所示。其中矩形波是输出端 3 脚波形，折线波是节点 4 的波形。

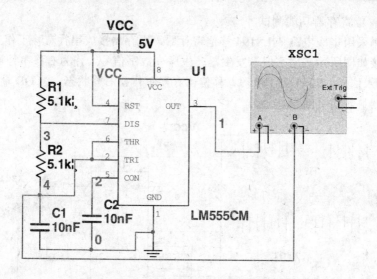

图 A3-10 多谐振荡器电路

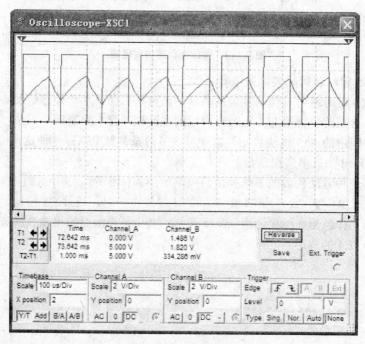

图 A3-11 仿真结果

第二种方法是：单击菜单 Tool/Circuit Wizard/555 Timer Wizard，弹出如图 A3-12 所示的对话框。在对话框中的 Type 栏中选 Astable operation 选项，输入

电路的相关参数，最后单击 Build Circuit 按钮，即可得到多谐振荡器。默认参数生成的多谐振荡器如图 A3-13 所示。图 A3-14 是用示波器观测的结果，其中矩形波是输出端信号波形，折线波是节点 7 的波形。

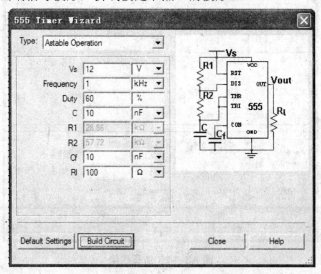

图 A3-12　555 Timer Wizard 对话框

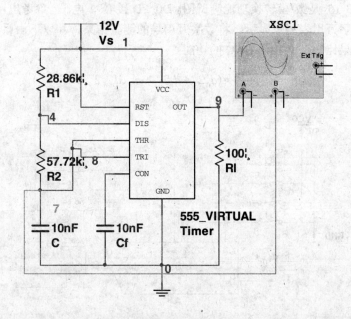

图 A3-13　555 Timer Wizard 电路

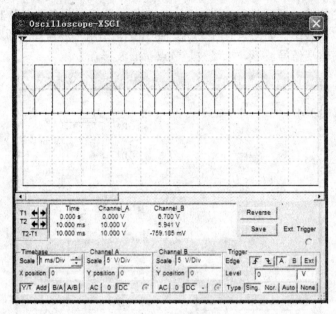

图 A3-14　仿真结果

6. 数/模转换功能测试

图 A3-15 是数/模转换功能测试图。D0～D 接 0、1 电平,参考电压取 12V,输出接数字万用表测量显示。将数字万用表的测量结果,和以下由原理方程计算所得结果比较,来验证 DAC 的功能。

$$V_0 = \frac{V_{ref}}{2^n} \bullet (d_0 2^0 + d_1 2^1 + \ldots\ldots d_{n-1} 2^{n-1})$$

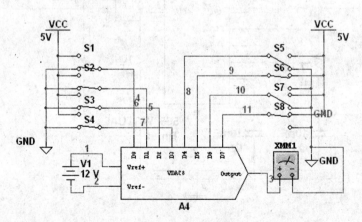

图 A3-15　数/模转换功能测试图

附录 B 数字电路实验报告样稿

实验报告样稿（1）

□□大学□□学院□□□□系□□□□专业

数字电路实验报告

实 验 题 目　基本逻辑门电路

班级　通信工程　　　　姓名　×××　　　　学号 ×××××××

实验台号　F1　　　　　实验日期及时间　2009.4.7

一、实验目的

1. 学习使用集成基本逻辑门电路。
2. 初步掌握各种门电路之间的转换方法。
3. 学会测试逻辑门电路的参数方法。
4. 了解 TTL 系列与非门和 CMOS 系列与非门基本参数的特征。

二、实验仪器

仪器名称	型号	数量
直流稳压电源	SS1792F	1 台
实验箱	BH-ADZH	1 台
双踪示波器	GOS-620	1 台
万用表	MS8215	1 台
器件	IN4004 二极管、电阻若干，7400、7404、	各一个

三、实验原理

最基本的逻辑门电路有三种：与门、或门和非门（反相器）。它们的逻辑符号如图 B1-1 所示。

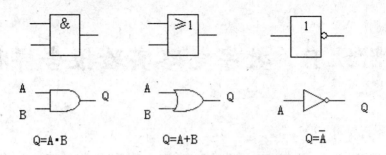

图 B1-1　与门、或门和非门的逻辑符号和表达式

　　由这三种基本门电路构成的与非门、或非门和异或门等，也是基本门电路，如图 1-2。它们的逻辑符号和逻辑表达式为：

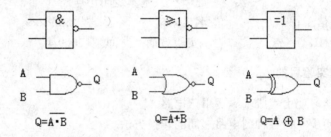

图 B1-2　与非门、或非门和异或门的逻辑符号和表达式

　　最简单的与门电路可以用二极管和电阻组成，如图 B1-3。A、B 当中只要有一个是低电平 0V，必有一个二极管导通，使 Q 为 0.7V。只有 A、B 同时为高电平 3V 时，Q 才为 3.7V。如果规定 3V 以上为高电平，用逻辑 1 状态表示；0.7V 以下为低电平，用逻辑状态 0 表示。显然，Q 和 A、B 是逻辑与关系。

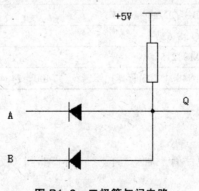

图 B1-3　二极管与门电路

TTL 电路中最基本也是最简单的与非门电路为 7400，它含有四个彼此独立的二输入端与非门，俗称四——二输入与非门。管脚排列如图 B1-4 所示，输入与输出的逻辑关系是与非关系，即

$$Q = \overline{A \bullet B}$$

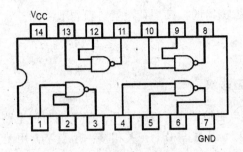

图 B1-4　7400 管脚图

（二）与非门电压输出特性：

对于 TTL 电路，如果给与非门输入电压为由 0 至 +5V 变化，与非门的输出电压一定会经历由截止到线性放大、再到绝对饱和导通的过程。把输入和输出电压的变化用示波器 x-y 状态来描述，就会获得与非门电路的传输特性曲线。具体方法如图 B1-5 所示。

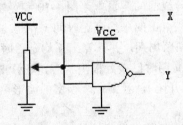

图 B1-5　与非门传输特性测试

（三）平均传输延迟时间

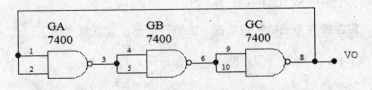

图 B1-6　与非门输入输出波形

为了测量与非门的平均延迟时间,可用奇数个与非门接成一个环形振荡器,如图 B1-6 所示,一般用三个与非门构成。如果三个门的平均延迟时间相等,那么振荡周期 T 为三个门的延迟时间之和的两倍:

$$T = 6t_{pd}$$

用示波器测出振荡器的振荡周期,就可获得 t_{pd} 的值:

$$t_{pd} = \frac{T}{6}$$

四、实验内容及步骤

1. 用二极管和电阻按图 1-3 接成一个二输入端与门电路。R 取 1KΩ,出 Q 与实验箱 LED 连接,A、B 与 0/1 开关相接;用数字万用表直流电压挡测量输出端 Q 在 V_A、V_B 不同组合时的输出电平,并记录 LED 的显示结果。将测量结果填入表格。

2. 用实验箱检测 7404 中 6 个非门的逻辑功能。
提示:输入接 0/1 开关,输出接 LED 指示灯。自拟表格记录测量结果。

3. 用实验箱检测 7400 的逻辑功能。方法同第 2 步。

4. 画用 7400 构成或非门和异或门的逻辑电路图,写出相应的逻辑表达式,并用实验箱检验逻辑功能(方法同第 2 步)结果填入真值表。提示:化为与非表达式,以下给出异或门的逻辑电路图 1-10 和逻辑表达式供参考。

5. 用环形振荡器测 7400 的平均延迟时间 t_{pd},实验电路如图 1-6。用示波器观察振荡波形,测出振荡周期,并计算出平均延迟时间 t_{pd}。注意示波器的频宽为 20MHZ,测量振荡周期时已接近极限状态,将示波器的扫描钮置于扫速最快一档 0.2μs(扫描微调开闭),看到一个稠密的波形,将水平位置钮拉出,可使扫描扩展 10 倍。

6. 测试 TTL 电路 7400 的电压传输特性。实验电路如图 1-4。注意:①示波器设置为 X—Y 工作模式,并置 DC 输入方式;②光点随调节电阻而不断移动,扫出一条轨迹。粗略绘出电压传输特性曲线,并标出开门电平、关门电平、输出高电平和输出低电平的估计值。

五、实验结果(包括实验数据、曲线、图形、实验结论等)

1. 表 B1-1 二极管与门电路测试结果记录。

A B	预期电平	V_A（V）	V_B（V）	V_Q（V）	实验结果 LED 显示
0 0	0	0.00	0.00	0.65	不亮
0 1	0	0.00	5.00	0.66	不亮
1 0	0	5.00	0.00	0.65	不亮
1 1	1	5.00	5.00	3.60	亮

2. 非门电路 7404 测试结果记录表 B1-2。

逻辑功能		实验结果		
A	V_0	V_A（V）	V_0（V）	实验结果 LED 显示
0	1	0.00	3.28	亮
1	0	5.00	0.16	不亮

3. 7400 与非门电路测试结果记录表 B1-3。

逻辑功能		实验结果			
A B	V_0	V_A（V）	V_B（V）	V_0（V）	实验结果 LED 显示
0 0	1	0.00	0.00	3.22	亮
0 1	1	0.00	5.00	3.22	亮
1 0	1	5.00	0.00	3.22	亮
1 1	0	5.00	5.00	0.18	不亮

4. 用 7400 构成或非门和异或门的逻辑表达式和逻辑电路图。

或非门 $\quad Q = \overline{A+B} = \overline{A} \bullet \overline{B} = \overline{\overline{\overline{A}} \bullet \overline{\overline{B}}}$

异或门 $\quad Q = A \oplus B = \overline{\overline{AB} + \overline{AB}} = \overline{\overline{AB} \bullet \overline{AB}} = \overline{\overline{AAB} \bullet \overline{BAB}}$

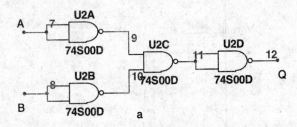

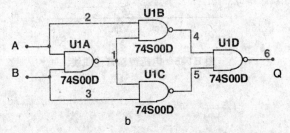

图 B1-7 用 7400 组成或非门（a）和异或门(b)逻辑电路图

测试结果记录表 B1-4（或非门）

逻辑功能			实验结果			
A B		V_0	V_A（V）	V_B（V）	V_0（V）	实验结果 LED 显示
0 0		1	0.00	0.00	3.32	亮
0 1		0	0.00	5.00	0.17	不亮
1 0		0	5.00	0.00	0.18	不亮
1 1		0	5.00	5.00	0.17	不亮

测试结果记录表 B1-5（异或门）

逻辑功能			实验结果			
A B		V_0	V_A（V）	V_B（V）	V_0（V）	实验结果 LED 显示
0 0		0	0.00	0.00	0.17	不亮
0 1		1	0.00	5.00	3.30	亮
1 0		1	5.00	0.00	3.28	亮
1 1		0	5.00	5.00	0.17	不亮

5. 用环形振荡器测得 7400 的平均延迟时间 t_{pd}=20ns。

6. TTL 电路 7400 的电压传输特性曲线如图 B1-8。

当电源电压为 5V 时，V_{OH}=3.6V，V_{OL}=0.4V，V_{on}=1.3V，V_{off}=1.0V

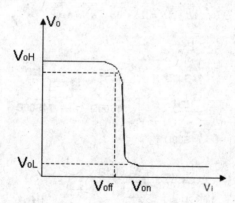

图 B1-8　电压传输特性曲线

实验报告样稿（2）

□□大学□□学院□□□□系□□□□专业

数字电路实验报告

实　验　题　目　　编码和译码电路的应用

班级　通信工程　　　　　姓名　×××　　　　　学号×××××

实验台号　F1　　　　　　实验日期及时间　　2009.4.21

一、实验目的

1. 了解编码器和译码器的工作原理。
2. 掌握编码器和译码器的使用方法。

二、实验仪器

仪器名称	型号	数量
直流稳压电源	SS1792F	1 台
实验箱	BH-ADZH	1 台
双踪示波器	GOS-620	1 台
万用表	MS8215	1 台
器件	74147、CD4511、74LS138、LC5011-11	各一个

三、实验原理

74147 是一个优先编码器电路,图 B2-1 是其引脚图。$I_1 \sim I_9$ 为输入端,DCBA 为输出端, 74147 将 9 条数据线进行 4 线 BCD 编码。输出端所显示的是 BCD 码的反码。如果把输出码译为原码,就很方便地理解该编码器如何将十进制数变为 BCD 码了。当输入端 $I_1 \sim I_9$ 均为高电平时,输出状态为 1111,译为原码应是十进制零。故不需单设 I_0 输入端。

只有输入端出现低电平时,输出状态才发生变化。输入端中优先级别最高的是 I_9, I_9 为低电平时不管其他各端输入状态是什么,输出仅由 I_9 决定。依次的优先级别为 I_8、I_7、I_6、$\cdots$、I_1 为最末级。

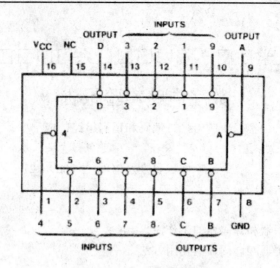

图 B2-1　74147 引脚图

74138 是一种 3 线—8 线译码器，如图 B2-2 所示，三个输入端 CBA 共有 8 种状态组合（000—111），可译出 8 个输出信号 Y0—Y7。这种译码器设有三个使能输入端，当 G2A 与 G2B 均为 0，且 G1 为 1 时，译码器处于工作状态。当使能端 G1 为低电平，或 G2，G3 其中一个为高电平时，译码器被禁止，输出端全部为 1。

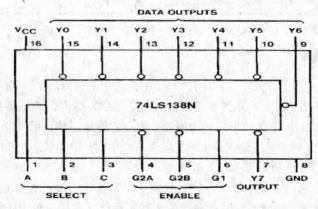

图 B2-2　74138 引脚图

CMOS 电路 CD4511 是一个用于驱动共阴极 LED（数码管）显示器的 BCD 码—七段码译码器，特点为：具有 BCD 转换、消隐和锁存控制、七段译码及驱动功能，可直接驱动 LED 显示器。管脚功能说明如下：

LT：3 脚是测试输入端，当 LT=0 时，不管其他输入端状态如何，译码输出全为 1，不管输入 DCBA 状态如何，七段均发亮，显示 "8"。它主要用来检测数码管是否损坏。

BI：4 脚是消隐输入控制端，当 BI＝0 时、LT＝1，七段数码管均处于熄灭（消隐）状态，不显示数字。

LE：选通/锁存，其是一个复用的功能端，当输入为低电平时，其输出与输入的变量有关；当输入为高电平时，其输出为该端高电平前的状态，并且输入端 DCBA 不管如何变化，其显示数值保持不变。

D，C，B，A：8421BCD 码输入，D 位为最高位；a、b、c、d、e、f、g：为译码输出端，高电平有效，故其输出与共阴极的数码管相对应。CD4511 的内部有上拉电阻，在输出入端与数码管输入端接限流电阻就可工作。

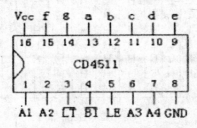

图 B2-3　CD4511 引脚图

四、实验内容及步骤

1. 用实验方法做出 74147 编码器和 3-8 译码器 74138 的真值表。（参见 74138 真值表格式）。

2. 将 4511 的 A、B、C、D、LT、BI 和 LE 端接 0/1 开关，a、b、c、d、e、f、g 各段接 LED 0/1 显示器。列表记录输入、输出状态。（参考 4511 真值表格式）。

3. 将 4511 与共阴 LED 数码管相连，数码管公共端接地。验证 LT、BI 和 LE 的功能；列表记录 A、B、C、D 输入 0000-1001 码时数码管显示的数字（参考 4511 的显示结果）。

4. 通用译码器做数据分配器实验。将 74138 的 A、B、C 做为地址线，G1 做为数据输入线(G2A、G2B 接地)，地址在 000—111 之间变化，记录 Y0—Y7 的输出状态。

（1）G1 输入单次脉冲，LED 0/1 显示灯接 Y0—Y7 输出端。

（2）G1 输入 1kHz 连续脉冲，用示波器观察各输出端，将输出波形画在坐标纸上。

五、实验结果（包括实验数据、曲线、图形、实验结论等）

1. 74LS138 真值表 B2-1。

LS138

Inputs					Outputs							
Enable		Select										
G1	G2*	C	B	A	YO	Y1	Y2	Y3	Y4	Y5	Y6	Y7
X	H	X	X	X	H	H	H	H	H	H	H	H
L	X	X	X	X	H	H	H	H	H	H	H	H
H	L	L	L	L	L	H	H	H	H	H	H	H
H	L	L	L	H	H	L	H	H	H	H	H	H
H	L	L	H	L	H	H	L	H	H	H	H	H
H	L	L	H	H	H	H	H	L	H	H	H	H
H	L	H	L	L	H	H	H	H	L	H	H	H
H	L	H	L	H	H	H	H	H	H	L	H	H
H	L	H	H	L	H	H	H	H	H	H	L	H
H	L	H	H	H	H	H	H	H	H	H	H	L

*G2＝G2A+G2B

74147 输入输出状态表 B2-2。

输入									输出			
I_1	I_2	I_3	I_4	I_5	I_6	I_7	I_8	I_9	D	C	B	A
1	1	1	1	1	1	1	1	1	1	1	1	1
0	1	1	1	1	1	1	1	1	1	1	1	0
×	0	1	1	1	1	1	1	1	1	1	0	1
×	×	0	1	1	1	1	1	1	1	1	0	0
×	×	×	0	1	1	1	1	1	1	0	1	1
×	×	×	×	0	1	1	1	1	1	0	1	0
×	×	×	×	×	0	1	1	1	1	0	0	1
×	×	×	×	×	×	0	1	1	1	0	0	0
×	×	×	×	×	×	×	0	1	0	1	1	1
×	×	×	×	×	×	×	×	0	0	1	1	0

2. 4511 真值表 B2-3。

Inputs							Outputs							Display
LE	B̄I	L̄T	D	C	B	A	a	b	c	d	e	f	g	
X	X	0	X	X	X	X	1	1	1	1	1	1	1	B
X	0	1	X	X	X	X	0	0	0	0	0	0	0	
0	1	1	0	0	0	0	1	1	1	1	1	1	0	0
0	1	1	0	0	0	1	0	1	1	0	0	0	0	1
0	1	1	0	0	1	0	1	1	0	1	1	0	1	2
0	1	1	0	0	1	1	1	1	1	1	0	0	1	3
0	1	1	0	1	0	0	0	1	1	0	0	1	1	4
0	1	1	0	1	0	1	1	0	1	1	0	1	1	5
0	1	1	0	1	1	0	0	0	1	1	1	1	1	6
0	1	1	0	1	1	1	1	1	1	0	0	0	0	7
0	1	1	1	0	0	0	1	1	1	1	1	1	1	8
0	1	1	1	0	0	1	1	1	1	0	0	1	1	9
0	1	1	1	0	1	0	0	0	0	0	0	0	0	
0	1	1	1	0	1	1	0	0	0	0	0	0	0	
0	1	1	1	1	0	0	0	0	0	0	0	0	0	
0	1	1	1	1	0	1	0	0	0	0	0	0	0	
0	1	1	1	1	1	0	0	0	0	0	0	0	0	
0	1	1	1	1	1	1	0	0	0	0	0	0	0	
1	1	1	X	X	X	X								

3. 用 CD4511 接成数显电路的电路图 B2-4 和结果记录表。

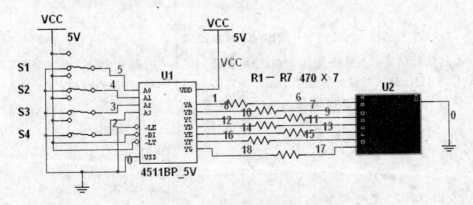

图 B2-4 数显电路图

139

结果记录表 B2-4

LT	BI	LE	D	C	B	A	显示
1	1	0	0	0	0	0	0
1	1	0	0	0	0	1	1
1	1	0	0	0	1	0	2
1	1	0	0	0	1	1	3
1	1	0	0	1	0	0	4
1	1	0	0	1	0	1	5
1	1	0	0	1	1	0	6
1	1	0	0	1	1	1	7
1	1	0	1	0	0	0	8
1	1	0	1	0	0	1	9

4. 数据分配器电路接线图 B2-5。

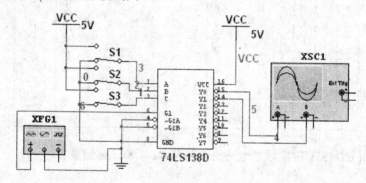

图 B2-5 数据分配器

实验结果：在真值表中，与 CBA 的不同组合相应的低电平输出端输出信号为 1kHz 连续脉冲，其余输出端都为高电平。下图是 CBA=000 时，G1 输入信号与 Y0 输出信号的波形图，其余输出端都为高电平。

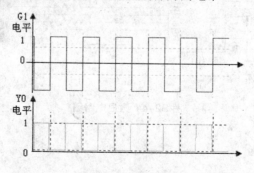

图 B2-6 波形图

参考资料

1. 胡序介主编.《电子线路实验建议（数字部分）》，南开大学电子科学系，1992

2. 陈振新主编.《脉冲与数字电路实验教程》，复旦大学出版社，1990

3. 黄以铭主编．肖锡湘、邱川弘、朱如琪编著.《电子测试与实验技术》，人民邮电出版社，1988

4. 陈跃华，周家名，卜荣宗，毛期俭，阿祖熔编著．《脉冲与数字技术实验及应用》，科学技术文献出版社重庆分社，1989

5. 王炳钦编著.《集成电路应用原理》，电子科技大学出版社，1994

6. 何金茂主编.《电子技术基础实验（第二版）》，高等教育出版社，1991

7. 张建华主编.《电子技术基础实验技术》，北京工业学院出版社，1987

8. 郑家祥编著.《电子测量实验》，国防工业出版社，1985

9. 凌肇元编著.《集成电路应用实例集锦》，人民邮电出版社，1983

10. 郝鸿安编著.《555 集成电路实用电路集》，上海科学普及出版社，1989

11. 阎石编著.《数字电子技术基础》第四版，高等教育出版社，1998

12. 黄培根.《Multisim 10 计算机虚拟仿真实验室》，电子工业出版社，2008